마음을 찾는 절집여행

산사의 주련

마음을 찾는 절집여행

산사의 주련

제운스님 · 한민 지음

산사의 주련

지 은 이 제운스님 · 한민
발 행 일 2009년 1월 30일 초판 1쇄 발행
         2009년 8월 14일 초판 4쇄 발행
펴 낸 이 양근모
편   집 김설경 ◆ 디자인 김옥형 ◆ 마케팅 박진성 · 송하빈
발 행 처 도서출판 청년정신 ◆ 등록 1997년 12월 26일 제10-1531호
주   소 경기도 파주시 교하읍 문발리 535-7 세종출판벤처타운 408호
전   화 031) 955-4923 ◆ 팩스 031) 955-4925
이 메 일 pricker@empal.com

주련에서 찾은 한 자락 지혜의 빛줄기

사람은 늘 생각해야 하고, 늘 먹어야 하고, 늘 보아야 한다. 눈이 있으니 보지 않으려 해도 보게 되는 것이고, 귀가 있으니 들으려 하지 않아도 듣게 된다. 마찬가지로 코가 있어 맡기 싫어도 냄새를 맡는 것이고, 또한 혀가 있어 맛을 느끼니 느끼지 않으려 해도 느끼게 마련이다.

이 느낌은 그저 '좋다', '나쁘다' 만으로 구분할 수 없으며 그렇게 하려해도 할 수 없는 것이다. 단맛은 쉽게 입맛을 돋우기는 하지만 쓴맛을 대하는 만큼의 깊이가 없다. 사람은 쓴맛으로 인해 생각을 하게 되고, 점차 그 폭이 넓어지고 깊어진다. 나아가 짠맛 신맛 떫은맛 이런 맛들이 스스로의 사유를 북돋아줘서 마치 농부가 밭에 거름을 듬뿍 주어 더 잘 자라게 하는 것과 같다.

몸뚱이도 그렇다. 비유하자면 꽃과도 같아서 어떻게 꽃을 피울 것이며, 핀 꽃을 얼마 동안 잘 간직하느냐가 문제다. 이것을 소중히 다루기도 하고 험하게 다루기도 하는데, 소중하게 다룸으로 보면 이것 없으면 모든 것이 없는 것이다. 반면 험하게 다룸으로 보면 사람의 몸뚱이를 하나의 복합물질 정도로 여겨서 병들고 시들어 나아가 지수화풍공地水火風空(모든 만물이 생겨나는 다섯 가지 원소)으로 흩어져 없어지는 정도로 여길 수도 있다.

그러나 이것은 과거도 미래도 아닌 현재라는 점이 중요하다. 촉각이 바로 그것이다. 부딪히며 인지하면서 인생의 역사는 기록되는 것이다. 앞서 말한 다섯 가지를 이끌어나가는 것이 있으니 바로 의식이다. 이 의식이야말로 나를 인지하고 '인간이 무엇인가'라는 명제를 붙일 수 있는 것이다.

앞서 언급한 말은 오관도 될 수 있고, 불교적으로 보면 육근六根도 될 수 있는데, 필요한 듯 그렇지 않은 듯 취하면서 다 취해도 영원하지는 않다. 그럼에도 이것은 우리의 삶이 영위되는 한 간과할 수 없는 것이다.

이와 같이 우리는 우리의 필요성에 따라 산을 찾고 절을 찾게 되는데, 이때 볼 수 있는 것 중 하나가 건물에 붙어 있는 글씨다. 이것을 주련柱聯이라 한다.

주련은 단박에 혀에 착 감기는 맛이 아니라 생각을 일으키는 쓴맛과 같다. 이것이 있음으로 해서 생기를 더하는 역할을 하게 된다. 한결같이 뛰어난 글로 되어 있어 씹으면 씹을수록 깊은 맛이 우러나온다. 그러하기에 사유할 수 있고, 나아갈 수 있고, 이해할 수 있는 것이다.

부처님은 장광설長廣舌을 남겼지만 많은 중생들 중에는 단 일구도 받아들이지 못한 사람이 있을 것이다. 그런가 하면 푹푹 퍼다 된장 담고 고추장 담듯이 잘 활용하는 사람도 있을 것이다.

모든 유위현상은 보고, 느끼고, 판단하기에 달렸다. 이 주련의 일구를 보고 철학을 하는 사람은 사유를 할 것이요, 믿음을 구하는 사람은 신심을 북돋을 것이요, 나아가 마음이 아픈 사람은 마음을 치료하는 약으로 쓸 것이다. 그것이 당연한 귀결이다.

우리나라 1600년의 불교 역사를 이해하고 부처님의 가르침과 조사祖師의 사상을 이해하는 데 작은 보탬이 되길 바라는 마음에서 이 글을 쓰게 되었다. 보다 쉽게 친근히 다가설 수 있도록 산책하는 마음으로 풀어 썼다. 좋은 길동무가 되길 바란다.

백운산 자락에서

제운

차례

만수산 무량사

신라 문성왕(839~856) 때 범일국사에 의해 창건되었다.
매월당 김시습이 입적한 곳으로 유명하며,
영정각에 봉안된 초상화는 매월당의 자화상으로 알려져 있다.
보물로 지정된 극락전은 우리나라 3대불전으로 꼽히며
주불인 아미타부처님은 높이 5.2미터에 이르는 동양최대의 좌불이다.
오층석탑, 석등, 괘불 등 보물 6점과 김시습의 부도 등
지방문화재 7점, 그리고 향토유적 3점 등의
많은 문화재를 갖추고 있다.
주변 문화유적으로는 마실 때마다 3년씩 젊어진다는
고란약수가 솟는 고란사가 있다.

술 권하는 날들

한강 눈바람이 백제 땅 부여에 이르니 겨울비로 젖는다. 눈 쌓인 산사의 풍경을 꿈꾸었으되, 천지에 백설은 자취가 없다. 사하촌 무량마을은 비에 젖었다. 날 또한 이미 저물었다. 오렌지색 가로등이 하나 둘 눈을 뜨고, 푸르게 젖은 아스팔트 위에도 금빛 그림자가 늘어진다. 눈 쌓인 산과 눈 쌓인 들과 눈 쌓인 길에 대한 기대는 신기루에 불과했더라도 셔터를 끊어가는 손가락으로 섬화閃火처럼 아우라가 스친다.

패망한 왕국, 여기는 삼천궁녀의 애사가 서려있는 곳! 어쩌면 한바탕 빗줄기에 질척하게 녹아버린 눈인 것처럼, 인간사 모든 욕망과 성공이란 게 애시당초 '허무'를 잉태하고 있었던 건지도 모를 일. 망국의 도읍을 찾았기로 새삼 애상에 젖을 일도 아닌 게다.

무량사, 차령산맥 끝자락 만수산 기슭에 터 잡고 있는 절집이다. 부여 인근에서는 가장 큰 절집이라고 하는데, 숱한 대가람들에 익숙해진 눈에는 오히려 단출하고 소박하다. 왕도王都로서의 영화는 이미 가뭇한 꿈, 이제 작고 낮고 고적한 소도시로 전락한 부여처럼 무량사 또한 그러 하였다.

무량無量…, 측정해낼 수 없음을 뜻하는 말. 아미타불阿彌陀佛은 광명과 수

명이 한량없어 무엇으로도 셀 수 없다 하였으니, 이 절집 명호는 이로 인하여 붙여졌던 것일까? 하여, 극락정토를 소망하는 사부대중들에게 하나의 이상향으로 터 잡게 되었던 것이었을까. 하긴 세상만물 사연 없는 것들이 어디 있을까보냐.

가느다란 빗줄기를 온몸으로 받으며 일주문을 들어선다. 길 오른편으로 넓게 펼쳐진 빈터를 곁눈질하듯 접어드니 작은 개울을 건너 길은 휘어져 돌아가고, 사천왕문이 언뜻 비친다. 보여줄 듯 보여주지 않는 매무새는 수줍은 처녀다. 푸른 비안개가 휘어진 길을 따라 늘씬한 전나무 가지를 매만지며 피안으로 든다. 젊은 사내가 사천왕을 향해 합장하곤 깊이 허리를 접는다.

절집은 더 이상 수줍게 몸을 사리지 않는다. 오층 돌탑이 솟고, 오래 묵어 늙은 느티나무가 솟고, 시원하게 비어있는 마당 건너 극락전 또한 날아갈 듯 솟았다. 당겨진 활시위처럼 처마는 날렵하고 가볍다. 푸른 안개가 극락전 용마루에 머물러 사방을 굽어본다. 비는 여전히 그치지 않는다. 명부전 곁에 서서 홀로 빛나는 등불은 못내 쓸쓸하고, 떠도는 자는 술 한 잔이 그립다. 진묵震默스님은 이곳에서 주석하는 동안 나무열매로 술을 빚어 마시며 도도한 시심을 펼쳤다는데, 어쩌면 진묵이 담갔다던 주향酒香이 코끝에 스몄던 것인지도 모를 일. 아니면 이곳 산신각에서 미친 세상을 접어버렸던 매월당의 권주가 탓일지도 모를 일이고.

하는 일은 향화를 사르는 것으로 족하고
한평생에 남길 것은 석 자 짧은 지팡이 하나
종소리 바람소리 서로 섞여 서늘한데
밤경치 달빛 밝으니 더욱 좋아라.
하늘을 이불삼고 땅을 자리삼고 산을 베개로 삼으며

달을 촛불로, 구름으로 병풍하고, 바닷물을 술 삼아
크게 취해 의연히 일어나 춤을 추는데
거추장스럽구나, 장삼자락 곤륜산에 걸리니
조용히 산의 달빛 맞아 선방을 쓸고
강가의 구름을 잘라 와서 옷에 솜을 넣누나.

– 우화궁 주련, 진묵대사

한 말 술에 백편의 시는 아이 놀음이니
취한 세상 넓은 줄 누가 알랴.

– 김시습, 〈취향醉鄕〉 중에서

깨달은 자, 진묵의 호연지기보다도 문득 매월당의 시 한 줄이 마음에 닿는다. 취하고 보면 누구나 시인인 게다.

매월당 김시습. 세 살 나이에 글을 읽고 다섯 살 나이에 시를 지어 해동 제일의 천재로 불렸던 사내, 수양대군이 어린 조카의 왕위를 찬탈하자 사흘 밤낮을 통곡하고는 스스로 머리를 잘라 승려가 되었던 스물한 살 청춘, 광인 행세로 미친 세상을 건너갔던 시대의 반항아, 거품 같은 세상을 희롱하며 물처럼 흘렀던 자유인, 금오산에 들어가 《금오신화》를 쓰고 2,200편에 이르는 시문을 남긴 위대한 글쟁이….

키 작고 뚱뚱하고 호호탕탕한 성품의 이 천재는 세상 편력을 마치고 이곳에 들어와 숨을 놓으며 무엇을 생각했을까. 그는 세상을 버렸으되 결코 버리지 않았던 사람. 일평생 허리춤에 술병을 차고 역사의 뒷골목을 헤매었으되 세상에 대한 고뇌를 내려놓을 수 없었던 사람. 그는 질펀한 뒷골목 술주정뱅이였고, 선승이었고, 유학자였고, 무엇보다 인간이었다.

해동에서 최고라고들 말하지
격에 벗어난 이름과 부질없는 명예
네게 어이 해당하랴?
네 형용은 아주 작고
네 말은 너무도 지각이 없구나.
마땅히 너를 두어야 하리,
골짜기 속에….

현판조차 매달지 않은 소박한 영정각 문짝을 잡아당긴다. 노인의 고집 센 시선이 어둠속에서 건너온다. 매월당의 초상 한 점. 혹자는 매월당 스스로 그린 것이라 하고, 혹자는 다른 사람이 그린 것이라 말하기도 하는 물건이다. "마땅히 너를 두어야 하리, 골짜기 속에…" 자화상에 스스로를 비웃으며 화제를 붙이는 한 사내…, 시대와 불화했던 뛰어난 자의 슬픔이 읽힌다.

양초 위에 불을 놓으려다 생각을 접는다. 어둠 속에서 매월당의 눈빛이 팽팽하다. '묻노니, 너희가 사는 세상은 살만 한 곳인가?' 긍정하지 못한다. 강한 것들이 약한 것들을 짓밟고, 악한 것들이 선한 것들을 문질러 없애는 건 예나 지금이나 다르지 않다. 세상은 미쳐 있고, 어쩌면 애초 그렇게 생겨먹은 것인지도 모를 일이다. 더한층 쓴술 한 잔이 그리워진다. 차가운 댓돌에 퍼질러 앉아 그와 더불어 얼음 같은 탁배기 한 사발 나누고 싶어진다. 불의한 세상에 대한 분노와 좌절을 그렇게 태워버리고 싶어진다.

어둑해진 절집 뜰을 벗어나 무량마을로 내려온다. 소박하고 애틋하고 정에 겨웁다. 푸른 비안개 속에서 쓰레기를 태우는 불꽃 한 점이 붉다. 비로소 허해진 마음으로 밥집 문을 밀고 들어선다. 메뉴는 올갱이 해장국 하나건만 훅 끼쳐오는 것은 삼겹살 익는 냄새다. 주인아주머니 귀빠진 날이라고 이웃들 몇 분과 함께 하는 소박한 파티인 게다. "이리 와서 고기 한 점 들어봐유~" 쭈뼛거리는 객에게 굳이 젓가락을 쥐어준다.

삼겹살이 익어가고 겨울밤이 익어간다. 한 점 한 점 이야기가 익어가고, 한잔 또 한잔 취기 또한 익어간다. 진묵도 아니요, 매월당도 아니요, 부여 사람들의 인정머리에 기대어 익어간다. 불의한 세상, 그래도 썩어 짓무르지 않음이 그들 때문임을 깨닫는다. '경제만 살리면 뭐 하는 겨, 사람이 있어야지….' 그러하다… 정녕 그러하다. 사람, 사람이 사는 세상! 오늘 밤은 그런 세상을 위해 건배해야 하리라.

사람 사는 세상을 위하여 건배! 진묵도, 매월당도, 인심 넉넉한 주인아주머니도, 사람처럼 사는 사람들 모두 건배!

술 한 잔을 앞에 두고 보니 나또한 시인이다.

千尺絲綸直下垂 천척사륜직하수
一派纔動萬派隨 일파재동만파수
夜靜水寒魚不食 야정수한어불식
滿船空載月明歸 만선공재월명귀

천 길 낚싯줄 곧게 드리우니
한 파도 일어나자 온갖 파도 따라서 일어나네.
밤은 고요하고 물은 차서 고기 물지 않는지라

부질없이 배 가득 달빛만 싣고 돌아오네.

威光徧照十方中 위광편조시방중
月印千江一切同 월인천강일체동
靈山昔日如來囑 영산석일여래촉
位鎭江山度衆生 위진강산도중생
萬里白雲靑嶂裡 만리백운청장리
雲車鶴駕任閒情 운차학가임한정
四智圓明諸聖肺 사지원명제성폐
賁臨法會利群生 분림법회이군생

부처님의 위광이 온 세상에 가득하고
천 개의 강에 뜬 달도 본래는 하나.
옛날 영산에서 부처님 위촉으로
모든 중생을 제도하기 위해 위엄을 떨치셨네.
만 리에 뻗어 있는 흰 구름과 푸른 산봉우리 뒤에서
구름수레 타고 한가로이 지내시는
사지에 두루 통달한 많은 성인들
모두 법회에 임해서 많은 중생을 이롭게 하네.

– 산신각, 진묵대사

極樂堂前滿月容 극락당전만월용
玉毫金色照虛空 옥호금색조허공

若人一念稱名號 _{약인일념칭명호}
頃刻圓成無量孔 경각원성무량공
四十八原度衆生 사십팔원도중생
九品含靈登彼岸 구품함령등피안

극락당의 둥근 달과 같은 부처님 얼굴
옥호의 금빛은 허공을 비춘다.
만약 사람들이 한 마음으로 그 명호를 부른다면
한 순간에 한량없이 큰 공덕을 이루리라.
마흔여덟 가지 원을 세워 중생을 구원하시고
구품의 모든 중생 피안에 들게 하시네.

– 극락전, 석문의범

천호산 개태사

충남 논산에서 대전으로 향하는 국도변,
천호산 기슭에 있는 개태사는 태조 왕건이 후백제를 평정한 뒤
백제 유민을 다독이기 위해 4년에 걸쳐 지어진 절집이다.
태조의 영정을 모시는 진전이 있었으며, 국가에 변고가 있을 때에는
이곳에서 신탁을 받는 등 왕실과 긴밀한 관계를 맺었던 절집이었다.
하지만 고려 말부터 퇴락하기 시작하여 폐허가
되다시피 하였다가 근래에 들어 복원되었다.
보물 219호인 석불입상과 충남 민속자료 1호인 쇠솥,
충남 문화재자료 274호인 오층석탑과 275호인 석조石槽가 있다.

미륵의 꿈

만약 그대가 눈에 확 띄는 볼거리만 즐겨 찾는 여행자라면, 여행계획에서 천호산 개태사는 제외하시라. 그대에겐 싱겁고 썰렁한 느낌만 그득 안겨주기 십상인 곳이고, 십 분쯤 기웃거리고 나면 뒤돌아볼 것도 없이 발길을 돌릴 확률이 가히 열에 아홉일 터.

허망하게 일주문까지 닿고 보면 피안에 이르는 여정으로는 영 싱거울 것이니 그 첫째요, 웅장한 전각들이 서로 어깨를 잇대 대가람으로서의 위용을 느끼도록 하지도 못하니 그 둘이요, 건물 하나하나의 건축미나 공간미로 내세울 것도 없으니 그 셋이요, 고색창연한 세월의 더께마저 얄팍하니 그 넷이다. 대강만 꼽아도 이러하다.

자동차들이 살벌한 속도로 스쳐가는 큰길에서 불과 수십 미터 떨어져 절집은 앉아 있고, 폐허로 이름만 남은 터에 근래 다시 세웠으니 겉모양만으로는 방문객의 시선을 붙잡아 둘 것이 없다. 그나마 개태사 본래 자리도 지금보다 산 쪽으로 삼 백 여 미터 더 들어간 곳(흉년을 예방하기 위해 현재의 자리로 옮겼다 한다), 미륵삼존불입상과 오층석탑, 커다란 쇠솥을 제외하면 손으로 만져지는 것들이란 게 죄다 최근 흔적들인 게다.

하지만 그대는 좀 더 머물러야 한다. 좁은 절집을 이곳저곳 뒤져보고 다닐

일도 아니다. 그저 스님들 살림채 툇마루에 가만히 앉아보시라. 그렇게 앉아
한 나절 턱을 괴어보는 것도 좋으리라. 낮은 담장에 기대 피어 있는 노란 산수
유 꽃을 바라보는 일도 좋고, 담장 너머로 넘겨다 뵈는 정겨운 시골풍경에 눈
길을 두는 일도 좋고, '용화대보궁' 갑갑한 껍질에 갇혀 있는 세 분 미륵부처
와 한담을 나눠보는 것도 나쁘지 않다.

만약 그대에게 허공중에 스미어 있는 것들에서 미륵의 호흡을 느끼는 마
음눈이 있다면 가난하고 외롭고 쓸쓸했을 민초들의 분노와 열망 또한 보게 되
리니, 개태사는 언제나 졸렬한 권력의 횡포와 가렴주구의 현실에서 새로운 세
상을 꿈꿨던 민초들의 세상, 장차 새 하늘이 열릴 길지라는 말이 떠도는 미륵
의 터전인 게다.

미륵이 어떤 존재던가. 우리 역사를 통해 언제나 민초들의 마음속에 살아
온 부처 아니던가. 가혹한 삶을 짊어진 채 비틀거리면서도 자신들이 주인 되
는 세상을 열어줄 것이라 믿어왔던 희망의 불빛 아니던가. 생김새마저도 닮아
소박하고 투박한 모습으로 민초들과 더불어 쓰라린 세월을 건너온 존재가 아
니었던가. 그리하여 미륵은 장엄한 전각에 앉아 군림하는 대신 농부들이 밭을
갈고 논을 매는 언저리에 서 있었고, 개벽세상을 준비하는 미래불로 민초들의
마음속에 함께 해왔으니… 아하, 그리하고 보면 조선 선조 때의 풍운아 정여
립이 무너져 가는 개태사의 벽에서 발견했다고 알려진 글은 예사로울 수가 없
겠다.

남쪽 나라에 오래 놀던 길손이
계룡산에 이르러 눈이 더욱 밝아졌다.
채찍 소리에 놀란 말이 뛰어오르는 형상이고
산 주룡主龍이 둘러 내려오다 조산을 돌아다보는 형국이다.

아름다운 기운은 총총하게 모였고
상서로운 구름은 애애하게 뜨더라.
무자 기축년에 형통한 운수가 열릴 터이니
태평한 세상이 되기 무엇이 어려우리.

기축년에 세상이 뒤집어 질 것이라는 말이다. 비루한 임금, 선조로서는 소름이 오소소 돋았을 지도 모르겠다.

이런 글은 혁명을 꿈꾸는 자들이 소위 민심을 끌어들이기 위해 퍼뜨리거나, 반대로 정적을 제거하기 위한 빌미로 쓰였었다. 이 글 역시 혹자는 대동계를 조직해 민중 해방을 꿈꾸었던 정여립이 민심을 모으기 위해 적어둔 것이라 말하고, 다른 이는 서인 측이 정여립 모반사건 이후에 반대당을 엮어 넣기 위해 조작한 글이라고도 한다. 현대의 학자들 대부분은 후자를 따르지만, 어쨌든 당시의 세상이 뒤엎어야 할 썩은 배舟였음엔 틀림없을 거였다.

400여 년의 시간 저 너머에서 치열하게 한 생을 살았던 정여립. 역사의 미아가 된 사내. 누구인가, 그는.

여기저기 몇 줄씩 남아 있는 흔적으로 그려보는 그의 얼굴은 그저 애매모호하고 악평만 무성할 뿐이지만, 역사의 미아로 휩쓸려간 비범했던 한 사내의 면목을 완전히 가릴 수는 없는 일인 게다. 이제 그 역시 역사의 수레바퀴 속에서 새로운 얼굴로 돌아오고 있는 중이니 말이다.

정여립은 그의 '집터를 태운 뒤에 연못으로 파냈다'는 기록만큼이나 조선이란 나라에선 이름조차 입에 담을 수 없는 금단이었다. 천여 명에 달하는 목숨들이 끊겨나간 기축옥사와, 호남이 반역의 고장으로 낙인찍혀 철저히 소외되기 시작했던 것도 그로부터였다. 동학이 호남으로부터 비롯된 것은 어쩌면 당연한 일일 거였다.

"정여립은 신분과 지역 그리고 민본에 바탕을 둔 변혁사상가이자 행동가로 허균·정약용·전봉준의 앞선 시대에 일어났던 선구자로 자리매김 되어야 한다."

재야사학자 이이화 선생의 평이 이러하지만 드문드문 남아 있는 당시의 평만으로도, 그가 강직한 성품을 지닌 뛰어난 선비였음은 짐작할 수 있겠다. 당시 전주부윤으로 당파가 달랐던 남언경조차 "정공鄭公은 학문에 뛰어날 뿐만 아니라, 그 재주도 사람이 가히 따르지 못할 바이다. 이 시대의 주자와 같다"는 평을 했던 사내였고, 율곡 이이로부터 "호남에서 학문하는 사람 중 정여립이 최고"라면서 제자로 받아들였던 사내였고, 감히 선조 임금을 똑바로 쳐다보며 벼슬을 버린 불같은 성품의 사내라 했다. 개태사 잡초 밭에 서 있던 미륵을 보면서 그가 대동 세계를 꿈꾸었던 건 어쩌면 당연한 일이었는지도 모를 일이다.

舟以是行 亦以是覆 주이시행 역이시복
民猶水也 古有說也 민유수야 고유설야
民則戴君 民則覆國 민칙대군 민칙복국

배는 물 때문에 가기도 하지만, 물 때문에 뒤집히기도 한다네.
백성이 물과 같다는 소리, 옛날부터 있어 왔으니
백성들이 임금을 떠받들기도 하지만 나라를 뒤집기도 한다네.
　　　　　　　　　　　　　　　－ 남명 조식, 〈민암부〉 중 일부

백성은 자고로 물로 일컬어지는 자들. 배를 띄우기도 하지만 그 배를 뒤엎

기도 하는 자들. 그 성난 파도를 일으켜 썩은 배를 뒤집어엎고자 했던 정여립의 꿈은 끝내 부러졌지만, 모반사건이 확대되어 천여 명에 달하는 목숨들이 끊어졌지만, 밟히고 쓰러지면서도 결코 꺾이지 않는 것이 또한 백성이라 불리는 자들. 고부에서 광주에서 그리고 유월의 아스팔트 위에서 정여립의 꿈이 부활하는 모습을 우리는 보아오지 않았던가!

마당에 쏟아지는 봄빛이 졸음 겹다. 전각의 지붕 그림자가 축 늘어져 황톳빛 낮은 담장에 걸린다. 한 마리 까치가 허공을 긋는다. 무심한 시간이다.

고려시대에 만들어진 오층석탑을 따라 탑돌이도 해보고, 수백 명이 먹을 국을 끓였다는 쇠솥에 동전도 한 닢 던져보고, 마당 한 귀퉁이에 앉아 있는 이름 모를 작은 석불과 말없는 대화도 나눠본다. 주불전인 용화대보궁을 한 바퀴 돌아보면, 지은 지 십 수 년에 불과한 건물. 비바람을 맞으며 민초와 더불어 서있던 '미륵삼존불입상'이 이 건물 속에 갇혀 화석이 되어가고 있는 중이다. 용화龍華 세상이 여전히 아득한 것은 이처럼 미륵이 제자리를 잃은 탓이 아닐까 문득 생각해보지만, 그럼에도 기둥에 붙은 주련만은 애써 미륵의 세상을 기원하고 있으니 이것이 산 글인가, 죽은 글인가.

龍華月出鷄龍天 용화월출계룡천
十方萬國大統化 시방만국대통화
十方唯一眞主皇 시방유일진주황
十方世界大活用 시방세계대활용
如是無量大眞光 여시무량대진광
維有亞聖頗微笑 유유아성파미소

용화 세상에 달이 뜨니 계룡산 천지가 열려

온 세상의 나라가 하나가 되니

온 세계의 참 주인

온 세계를 크게 살려 쓰신다.

헤아릴 수 없는 큰 광명

오직 우리 부처님의 자비에 있나니.

– 용화대보궁 주련

부처님이 미처 제도하지 못한 중생들을 세 차례에 걸친 용화법회龍華法會에서 모두 제도할 것이라 하였으니, 미륵이 오는 날 진정한 태평세상이 온다는 뜻이겠다. 정여립이, 허균이, 정약용이, 전봉준이 꿈꾸었던 세상이 바로 그러하지 않았을까 싶지만 21세기 대한민국에서도 그들의 꿈은 오히려 멀고도 멀다. 역사도 정의도 거꾸로 뒤집혀 소인배들은 군자인 척 뻐기고, 뜻있는 자들의 처지는 기축년과 별반 다르지 않다. 미륵은 아득하고 민초들의 미몽은 깊다. 아하, 그러고 보니 올해 또한 기축년이 아니던가.

마당으로 떨어지는 봄볕이 엷다.

인연도 세월도 수레바퀴처럼 구른다.

인간이 살아가는 모습은 천 년 전이나 지금이나 별반 달라진 것도 없지만, 여전히 아귀다툼이지만, 그럼에도 알곡은 알곡대로 껍데기는 껍데기대로….

수레바퀴 한 번 크게 구르는 날까지 미륵의 꿈이여, 사랑하는 이여, 봄볕을 누리며 오래도록 함께이고 싶다. 🐢

상왕산 개심사

의자왕 14년(651)에 혜감국사가 창건하여 개원사開元寺라고 하였다가
처능대사가 중건한 뒤 이름을 고쳐 개심사라 하였다.
1941년 해체수리공사 때 발견된 묵서명에 의해
대웅전이 1484년에 처음 건립되었음이 밝혀졌으며,
정면 3칸 측면 3칸의 다심포 맞배지붕 건축양식을 취하고 있다.
뼈대를 이루는 기본적인 구성이 조선 전기의 대표적
주심포양식 건물인 강진 무위사 극락전(국보 제13호)과 대비된다.

솔숲에 마음을 씻고

휘어져 굽은 소나무 하나, 돌계단 오르는 걸음을 막아선다. 붉은 비늘로 덮인 몸피를 가만히 쓰다듬는다. 소나무들, 잘생긴 놈이나 못생긴 놈이나 가림 없이 어울려 사는 모습이 절집 찾는 마음을 슬몃 잡아당긴다. 세상에 섞여 살며 고슴도치처럼 바늘을 세웠던 마음자락이 햇살에 안개 풀리듯 넉넉해진다. 묘한 일이다.

마음은 신묘하기 이를 데 없는 것, 오므리면 바늘귀보다 작아지고 펼쳐지면 온 우주를 덮고도 남음이 있다 하더니 그새 토끼굴만큼 펴지기라도 하였던 것일까. 마음 장난 한 가지로 지옥과 불국토가 나뉘는 것이니, 마음자락에 꽃이 피면 세상 또한 꽃밭이 되는 법. 세심동洗心洞 개심사開心寺 가는 길은 마음으로 닿는다.

그러하다. 이 길은 온갖 탐욕과 번뇌에 찌든 마음을 씻고, 내려놓으라 한다. 사람들은 맑아지고 깊어진다. 연인들은 손을 잡고, 나이든 부부는 도란도란 마음을 섞고, 혼자 걷는 나는 스스로 깊어진다. 하여 이렇듯 숲길을 지나 돌계단 끝에 올라서면, 한순간 양 옆으로 눈이 터진다.

묘한 대비다. 한쪽으로는 이름 모를 누군가의 무덤인데, 다른 쪽 끝에는 장방형 연못이 길게 누웠다. 경지鏡池. 거울 '경' 연못 '지'. 본래 면목을 비추어 보는 거울이다. 산길을 오르는 동안에도 미처 씻어내지 못한 마음자락, 거울에 비춰보며 마저 씻어내라 이르는 것일까? 하기야 수십 년 찌든 때를 어찌 한 순간에 벗겨낼 수 있으랴. 연못에 걸쳐진 외나무다리를 건너노라니 마른 잎사귀를 떠나보내며 배롱나무 그림자만 못내 쓸쓸하다.

《나의 문화유산 답사기》의 저자 유홍준 교수가 개심사를 일러 우리나라에서 가장 아름다운 사찰 중 하나라고 했었던가. 그의 견해에 이견을 세운다 하더라도 한 가지만은 고개가 끄덕여진다. 속세든 산중의 집이든 몸집을 크게만 부풀리는 것으로 능사를 삼는 요즘, 이 절집은 아담하고 소박한 성품 그대로 오가는 마음을 끌어당긴다는 거다. 웅장하고 장엄하다 할 수는 없으되 못난 주춧돌 하나에도 천년 세월이 겹겹이 감겨 있고, 한껏 단아한 품새의 당우堂宇들 또한 소박한 맛으로 속인을 맞으니 여느 대단한 사찰이라 하여 이보다 넉넉할 것인가.

이런 마음으로 바라보매, 보물로 지정된 대웅전보다 더 마음을 잡아끄는 것은 심검당心劍堂. 멋을 부리지 않음으로 멋을 내고, 자연 그대로의 질박함으로 보는 이의 마음을 오히려 뺏는다. 단청도 칠도 없이, 갈라터진 맨살의 기둥과 서까래들이 천진한 목공의 성품을 드러내듯 구부러지고 뒤틀린 몸 그대로 굳어 튼튼하게 지붕을 떠받친다.

문득 '못생긴 나무가 선산을 지킨다' 는 말이 떠오른다. 보아도 본 것이 없고 들어도 들은 것 없는 것처럼 살라는 소심한 염려를 담은 말이겠으나, 이 절집 기둥과 서까래들을 보고 있노라니 꼭이나 못생긴 나무라고 무사할 것 같지도 않았던 게다. 하긴 한낱 땔감으로 불구덩이에 던져져 흔적 없이 스러지느니 차라리 아름다운 최후일까.

팝콘처럼 튀는 생각에서 벗어나 안양루安養樓 주련을 더듬어 읽는다.

문득 개미처럼 작아진다.

눈꺼풀 한 번 감는 것으로 삼천대천세계를 모두 덮는다 하니, 겨우 토끼굴만한 마음자리로는 짐작조차 할 수 없는 세계다.

기둥에 붙어 있는 12구, 여든네 글자.

한 획 한 획 애써 쓰다듬어본들 그 도를 밝게 들여다볼 혜안이 없으니, 보물 상자를 앞에 두고도 열쇠가 없어 전전긍긍하는 어리석은 중생이다.

애써 만족한다.

무명이 눈꺼풀 위에 두텁게 덮여 어둡다 하나 어찌 아름답고 힘찬 글씨와 깨달음의 한 순간을 붓끝에 담아내었을 선지식의 환희마저 짐작하지 못하겠는가. 온 우주를 뒤덮기도 하고, 바늘귀를 통과할 만큼 자유자재한 깨달음의 세계를 잠시 잠깐 느껴보는 것만으로도, 이 걸음이 영 무익하지는 않으리니.

月在波心設向誰 월재파심설향수
太湖三萬六千頌 태호삼만육천송
天産英雄六尺軀 천산영웅육척구
能文能武善讀書 능문능무선독서
鼻孔盛藏百億身 비공성장백억신
眼皮盖盡三天界 안피개진삼천계
焚香夜雨和閨詩 분향야우화윤시
洗硯春波臨稧帖 세연춘파임계첩
六經根底史波瀾 육경근저사파란
五岳圭稜何氣勢 오악규릉하기세
芳草桃花四五里 방초도화사오리
白雲流水兩三家 백운유수양삼가

달밤에 깨달은 이 마음 누구에게 말하리
큰 호수처럼 광대한 삼만육천의 게송을.
하늘은 육척의 몸을 가진 영웅을 낳아
글과 무예에 모두 능하고 독서도 잘하게 하였으며
콧구멍에는 능히 백억의 몸을 지녀 감추고
눈꺼풀에는 삼천대천세계를 모두 덮었도다.
비오는 밤에 향 사르며 고요히 시를 읊고
봄바람 불어올 때 세연하고 계첩을 대하도다.
윤회하는 생애에는 파란 많다 하였으니
오악의 준령인들 그 앞에선 무슨 기세 있으리.
향기로운 풀, 복사꽃 사 오 리 피었으니
흰 구름 흐르는 물 가운데 삼가만이 짝 이루네.

– 안양루

목탁소리, 독경소리, 가족의 건강을 기원하고 자식의 성공을 기원하는 어머니의 기도소리들…. 해탈문을 벗어나 저녁 햇살 환하게 부서지는 명부전으로 간다. 명부전 옆으로 대충 지어진 슬래브 양옥이며 일본식 목조건물이 쪼그려 앉았고, 축대 아래로 녹슨 양철지붕을 얹은 고슴도치 돌집이 엉성했어도 그다지 마음이 쓰이지 않는다. 소나무 숲길 하나로, 심검당의 소박하고도 굳센 기운 하나로, 안양루의 주련 하나로 나는 이미 배불렀으니 덧붙여 욕심이 없다.

명부전, 희미한 빛이 들어와 닿는 마룻바닥에 앉아 심검心劍을 뽑아든다. 무디고 무디다.

끊고자 할수록 오히려 달려드는 것은 망상….

아무 것도 씻어내지 못한다, 세심의 땅에서도 개심의 길에서도.

뒤틀린 기둥들과 올라오는 길에 만났던 허리 굽은 소나무들이 엇갈린다. 먼 훗날, 어느 천진한 목공이 있어 그들 역시 절집 당우의 기둥으로 씩씩하게 하늘과 지붕을 떠받치는 소임을 받게 될 지도 모를 일이나 나는 어느 날이 있어 이렇게 왔다가는 생에서 쓰임을 다하게 될까.

서리 맞은 홍시가 붉다.

법당은 어둡고 적요하다.

명부전이란 이름 때문일까. 지장보살께서 등 뒤를 지켜주련만 둘러선 시왕상十王像의 기운이 선뜻하다. 저들은 기도의 효험이 크다 하여 참배가 끊이지 않는다던데, 해 짧은 늦가을의 명부전에는 인적이 끊겼다.

地藏大聖威神力 지장대성위신력
恒河沙劫設難盡 항하사겁설난진
見聞瞻禮一念間 견문첨례일념간
利益人天無量事 이익인천무량사

지장보살님의 위신력이여
억겁을 설명해도 다하기 어렵나니
보고 듣고 예배하는 잠깐 사이에
인천에 이익 된 일 무량하여라.

– 명부전

阿彌陀佛在何方 아미타불재하방
着得心頭切莫忘 착득심두절막망
念到念窮無念處 염도염궁무념처
六門常放紫金光 육문상방자금광

아미타불 어느 곳에 계실까.
마음에 새겨 잊지 말 것이니
생각을 이어가다 생각조차 끊긴 곳에 이르면
육문의 자금광이 찬란하다네.

– 무량수각

덕숭산 수덕사

정확하게 알 수는 없지만 백제 위덕왕(554~597) 재위 시에
창건된 것으로 추정되고 있으며, 백제의 고승 혜현이 주석하며
《법화경》을 지송하고 '삼론三論'을 강설했다는 기록이 남아 있다.
조선말의 선지식인 경허스님이 이곳에서 선풍禪風을 크게 일으켰고,
제자 만공스님이 중창한 뒤 많은 후학을 배출하였다.
4대총림의 하나인 덕숭총림이 있으며, 현존하는 당우로는
국보 제49호인 대웅전을 중심으로 좌우에 명부전을 비롯한
백련당·청련당·조인정사·일주문·범종각 등이 있다.
산내암자인 금선대에는 만공스님의 영정과 유물이
보관되어 있는 진영각이 있으며, 환희대와 비구니 수행처인
견성암, 선원인 정혜사 등이 있다.

보름달은 떠오르고

대웅전 앞마당으로 올라선다. 햇살 부서지는 황하정루 지붕 너머로 산자락이 푸르다. 원효대사의 오도송처럼 첩첩이 이어지는 저들 청산이 그대로 부처님의 도량이요, 망망한 푸른 바다가 모두 적멸보궁일 터…. 거듭된 중창불사로 옛 산사의 정취를 잃었음을 아쉬워하고 인연 따라 오가는 모든 것들에 거리낌이 있을 것인가.

비록 옛 맛을 잃었다고는 해도 이 가람의 숲과 하늘과 바람과 더불어 인연을 지은 선지식들의 자취는 여전하기에 그나마 위로는 되겠다. 처음 세워진 백제시대 이후로 멀리 원효와 나옹스님의 숨결이 묻어 있는 곳이요, 근대에 들어 경허선사를 비롯하여 내로라하는 선지식들이 깨달음을 간구하던 도량이요, 김일엽 스님의 시적 애련이 묻어 있는 곳이니 말이다.

중국의 곽말약 또한 동정호의 모습이 변한 것을 보고 실망하면서도, '여기엔 동정추월 평사낙안을 읊은 옛 시인의 글귀가 서려 있고, 뭇 인재들의 영욕이 있어 내 심금을 울린다'고 하지 않았던가.

이제는 관광지로 유명해져 많은 사람들이 찾는 곳이지만 수덕사의 오후는 한적하였고, 천년 세월을 격하여, 만공스님이 이룬 조인정사 기둥에 붙은 원효스님의 오도송을 짚어보는 걸음 또한 한가하였다.

靑山疊疊彌陀窟 청산첩첩미타굴
蒼海茫茫寂滅宮 창해망망적멸궁
物物捻來無罣碍 물물염래무괘애
幾看松亭鶴頭紅 기간송정학두홍

접첩한 청산은 아미타부처님 계신 곳
망망한 푸른 바다는 적멸보궁일세.
물물이 얽혀도 걸림이 없고
소나무 정자의 붉은머리 학을 몇 번이나 보았나.

– 조인정사, 원효

사물과 사물의 가고 옴에 거리낌이 없는데, 몇 번이나 소나무 정자에 붉은
머리 학이 날아옴을 보았던고….

그러하다. 깊은 산 넓은 바다를 벗 삼아 걸림 없이 사는 선승이 되지 못하
였다 하나 자연이 바로 청정 법신이고 물과 공기와 흙이 우리네 생명 자체임
을 알 듯도 하다. 깃털 흰 학만 있는 것이 아니라 머리 붉은 학도 있음이다.

시월 햇살이 그림자로 길게 눕고, 바람이 건듯 불어 앞마당을 건너간다.
햇살은 투명하고 그늘은 깊다.

만공스님이 몸을 벗던 그해 가을날도 이랬을까?

만공스님. 근대불교 중흥의 선지식 경허 큰스님의 수법제자로 40여 년 동
안을 덕숭산 수덕사에 주석하며 덕숭총림의 기틀을 세운 선지식.

스님이 남기신 가르침이야 미처 헤아리지 못할 바지만, 몰락한 왕가의 상

궁나인들에게 행했던 법문이 문득 떠올라, 세간의 분별심에 빠져 진리를 보지 못하고 미몽 속에서 헤매는 자신을 돌아보게 한다.

1930년대 말의 어느 날, 상궁나인들이 스님을 찾아뵙고 법문을 청했다. 스님은 쾌히 허락하고는 어린 행자를 불러 노래를 시켰는데, 근처에 사는 나무꾼들이 어린 행자 스님을 놀리느라 가르친 딱따구리 노래였단다.

저 산의 딱따구리는
생나무 구멍도 잘 뚫는데
우리 집 멍텅구리는
뚫린 구멍도 못 뚫는구나.

행자의 노래에 상궁나인들은 혹은 얼굴을 붉히고 혹은 키득거리며 쑥덕거렸단다. 진리의 속살을 보여주었음에도 노스님의 아슬아슬한 음담패설로만 들었던 게다. 그 모습을 가만히 지켜보던 만공스님이 잠시 후 엄숙한 얼굴로 법문을 시작했는데, 이러했다.

"바로 이 노래 속에 만고불역의 핵심 법문이 있소. 세상의 모든 것이 법문 아닌 게 없지만 이 노래에 담긴 깊은 뜻을 헤아리게 되어야 내 말을 들을 수 있을 것이오.
마음이 깨끗하고 밝은 사람은 딱따구리 법문에서 많은 것을 얻을 것이나, 마음이 더러운 사람은 이 노래에서 한낱 추악한 잡념을 일으킬 것이오. 원래 참 법문은 맑고 아름답고 더럽고 추한 경지를 넘어선 것이오.

범부 중생은 부처와 똑같은 불성을 갖추어 가지고 이 땅에 태어난, 누구나 원래 뚫린 부처 씨앗이라는 것을 모르는 멍텅구리라 할 것이오. 뚫린 이치를 찾는 것이 바로 불법이건만, 탐욕과 분노와 어리석음, 이 삼독三毒과 환상의 노예가 된 어리석은 중생들이야 말로 참으로 불쌍한 멍텅구리가 아니겠소.

진리는 가까운 곳에 있고, 큰길은 막힘과 걸림이 없어 원래 훤칠히 뚫린 것이기에 지극히 가까우니, 결국 이 노래는 뚫린 이치도 제대로 못 찾는 딱따구리만도 못한 세상 사람들을 풍자한 훌륭한 법문인 것이오."

한낱 범인凡人이 되어 '마음이 탁하고 더러우면 보이고 들리는 모든 것들이 추악한 잡념을 일으킬 뿐'이라는 스님의 깊은 지혜를 속속들이 짐작하기에는 마음그릇이 너무도 작다.

학의 머리가 붉다 희다 구분하는 것은 마음 장난일 뿐이니, 하늘을 건너는 바람 맑은 시월의 햇살 아래에서 '더러운 것과 깨끗한 것, 추한 것과 아름다운 것을 구별하는 분별심에 사로잡혀 이미 뚫려 있는 구멍에 끼우지 못하는 어리석음에서 깨어나라'는 노스님의 주장자 한 방이 떨어진다. 탐욕과 분노, 미련과 번민, 어리석은 환상에서 깨어나라고….

報化非眞了妄緣 보화비진료망연
法身淸淨廣無邊 법신청정광무변
千江流水千江月 천강유수천강월
萬里無雲萬里天 만리무운만리천

보신화신은 망연인 줄 알지니
법신은 청정해 광대무변하다.
천 개의 강에 물이 있어 달 또한 천이요
만 리에 구름이 없으니 하늘 또한 만 리다.

– 범종각 전면

三界猶如汲井輪 삼계유여급정륜
百千萬劫歷微塵 백천만겁역미진
此身不向今生度 차신불향금생도
更待何生度此身 갱대하생도차신

삼계는 마치 우물 두레박 같아
백천만 겁의 세월을 지나네.
이제 금생에서 이 몸을 제도하지 못하면
다시 어느 생에 이 몸을 제도받으리오.

– 법고각 전면

금산 보리암

보리암은 주변 경관이 가장 뛰어난 사찰의 하나로 유명한 곳이다.
거대한 바위 봉우리들을 뒤에 거느린 채 금산의 비경 아래로
초승달처럼 펼쳐진 상주해수욕장 그리고 한려해상공원의
망망대해를 조망할 수 있는 경관은 명불허전이다.
보리암에서 사람들의 호기심을 자극하는 것 중 하나가 삼층석탑인데,
일견 평범해 보이지만 신라 김수로왕의 비인 허황옥이
인도에서 가져온 파사석이란 돌로 세웠다고 전해지며,
이 탑 앞에서는 나침반이 제구실을 하지 못하는 걸 관찰할 수 있다.
낙산사 홍련암, 강화도 보문사와 더불어 3대 기도처의 하나로 꼽힌다.

관음의 곁에 서서

남도의 바다는 특별하였다. 동해와 차별되고 서쪽바다 또한 같지 아니하였다. 동해가 초원을 질주하는 유목의 사내라면, 다소곳하게 아미를 숙인 처녀의 품새를 닮은 것이 남해였다. 서해 갯마을에서 걸쭉한 막걸리 한 사발에 취해 휘청거리고 싶었다면, 남쪽 바다 갯바위에 나앉았을 땐 아마도 맑은 소주가 그리워질 것이었다. 남도의 바다는 그렇게 내게 왔다.

태양은 서편에서 빛나고 있었다. 바다엔 해무海霧가 깔렸다. 하늘과 바다의 경계는 뒤섞여 모호하였고, 그 언저리쯤 돌섬 하나가 암소 뿔처럼 떠서 출렁이고 있었다. 얌전한 물살들이 잘게 부서진 스테인리스 파편처럼 서쪽에서 달려왔다. 하늘과 뒤섞인 바다 어디쯤에서 한 줄기 검은 연기가 솟아올랐다. 섬보다도 덩치 큰 철선이었다.

남도의 바다는 바야흐로 봄이었고,
바다가 육지 깊숙이 밀고 들어온 곳마다 갯마을이 앉았고,
원색의 슬레이트 지붕들이 돌담 속으로 납작납작 엎드려 있었고,
할망들이 다랭이밭을 깔고 앉아 동초를 뜨고 있었고,

갈매기 몇 마리가 파도 속으로 머리를 처박았고,

고개를 돌리면 뱀 꼬리처럼 산모퉁이를 돌아가는 길이 누웠고,

그 위로 남해 금산이었다. 조선 임금 이성계가 비단으로 산을 뒤덮는 대신 이름을 바치는 것으로 퉁 쳤다는 금산錦山이었다. 이성복 시인이 절창으로 '돌 속에 갇힌' 누이를 노래했던 그 금산이었다.

〈전략〉

남해 금산 푸른 하늘가에 나 혼자 있네

남해 금산 푸른 바닷물 속에 나 혼자 잠기네

금산 꼭대기, 암봉들이 맨살로 빛나고 있었다. 내가 올라야 할 곳이었다. 내 반평생의 습習에서 고개 들어 바라보는 것만으로도 족한 존재가 산이었으되 이번만은 아니었다. 내가 만나야 할 것이 그 산 꼭대기에 있었다. 보문사, 홍련암과 더불어 3대 관음도량으로 널리 알려진 보리암이 내가 닿아야 할 곳이었다.

허나 정상으로 오르는 길이 어디 한 갈래뿐일까. 오르는 길이야 사방으로 열려 있고, 대개는 저마다 좋아하는 길이 서로 다를 뿐인 거였다. 두 갈래 길 중에 몸이 원하는 길을 잡으니, 복곡 저수지를 지나 승용차나 셔틀버스를 이용하는 길이었다.

내가 외면한 다른 길은 오로지 온몸을 써서 오르는 길이었다. 한 시간 정도 걸리는 산행은 꽤나 고행이겠지만 오롯한 금산의 절경과 보리암의 신비경은 이곳을 통하는 사람들에게만 주어지는 특전이라는 말을 들었더랬다. 금산에서 가장 아름답고 신비롭다는 '쌍홍문'이 보고 싶다면 그 길을 잡아야 했다.

'용굴'과 '음성굴'을 지나 거대한 절벽 위에 서 있는 보리암의 신비경을 한눈에 보고 싶다면 또한 그 길을 잡아야 했다. 값을 치르는 자만 볼 수 있다는 이야기고 보면, '세상엔 공짜가 없다'는 게 여기에서도 들어맞는 셈이었다.

어쨌든 주위들은 소문으로, 쌍홍문 앞의 사선대가 보리암의 사천왕문 노릇을 한다고 했다. 수많은 절집 중에서 이보다 장엄한 사천왕을 거느린 곳은 없을 터인데, 사선대의 봄은 온통 꽃 천지라고 했다. 벼랑과 숲길은 꽃들로 철철 넘치고, 바위 아래로 줄을 타고 땅에까지 흘러내린다 했다.

나는 이 모든 것을 버린 거였다. 눈 호강 대신 두 다리와 심장을 편들었던 거였다. 하지만 저수지에 비친 산 그림자를 보면서 달리는 것도 나름 운치가 있었고, 지상의 주차장을 지나쳐 가파른 산길을 구불구불 기어오르는 것도 내심 스릴이 있었다. 내 두 다리가 다시 필요해진 것은 암자 바로 못 미쳐 만들어진 주차장부터였다. 억눌렀던 니코틴 금단증상을 달래며 멀리 달려가는 잿빛 능선들을 바라보았다. 맨살로 서있는 키 작은 나무들에서 문득 물 냄새가 났다.

암자로 이어진 길을 산책하듯 걸었다. 동행들 또한 제 나름의 사념에 잠겨 그 길을 갔고, 가끔은 카메라를 들어 올려 무언가를 겨누곤 했다. 사진가들은 본디 혼자 노는 자들이고, 외롭지 않으면 셔터를 누르지 못하는 존재들인 것 같았다. 그들은 동행이었으되 결코 동행이 아니었다. 어쨌든 나는 홀로 걷는 존재였다. 누구나 홀로 제몫의 삶을 살아내야 하듯 그렇게 관음보살의 품으로 닿고 있었던 것이다.

보리암이 모습을 드러낸 것은 들숨과 날숨이 한층 조급해질 즈음이었다. 좌편으로부터 상사바위, 좌선대, 돼지바위, 일월봉, 화엄봉, 향로봉, 대장봉, 망월대와 같은 바위봉우리들이 병풍처럼 솟아 늘어섰고, 비좁은 터를 다듬어 전각들이 앉아 있었다. 앉아 있는 당우들의 건축미는 조악했고, 돌아보고 말고 할 것도 없이 가람의 배치 역시 단순했다. 이미 저 아래 남도의 바다까지 품어 안았으니 다른 무엇에 욕심낼 이유 또한 없지 싶었다.

해수관음과 나란히 서서 바다를 내려다보았다. 한려수도, 이 땅에서 가장 아름다운 바다라 했다. 한숨처럼 탄성이 터졌다. 바다는 연한 안개 뒤로 살짝 숨었고, 수묵水墨의 능선들만 그곳에서 일어나 줄기줄기 기어오르고 있었다. 하늘은 푸르지 아니하고, 바닷물 또한 푸르지 아니하였다. 바다는 베일 뒤에 있었다. 하지만 바다 알갱이가 섞인 바람만은 내 뺨을 쓰다듬어 지나는 것이니, 보리암은 이미 봄이었다.

수많은 사람들이 좁은 공간을 오르내렸고, 해수관음을 우러러 절을 올리는 아낙들 또한 꼬리를 물었다. 일 배, 또 일 배…. 그들이 기도를 마치고 물러나면 다른 이들이 그 자리를 메웠다. 관음은 쉴 틈이 없었다. 천 개의 눈과 천 개의 손을 가졌다 한들, 그들 모두를 돌보기는 쉽지 않을 터였다. 가장 기도를 잘 들어주는 곳이라더니 소원들 또한 가지가지 흐벅질 것이었다. 그 관음 앞에서 '하심下心'은 이미 쓸모없는 관념에 그치고, 여느 저잣거리에서처럼 부귀에 대한 열망만이 넘쳐나고 있었을 거였다.

'저들의 소원이 이루어지기를….'

나 역시 그냥 선채로 소원 하나를 빌어보았다. 기도하는 마음이 불경하니 내 소원은 그저 공염불에 지나지 아니 할 것이나, 기도를 올리는 저들의 곡진한 마음을 보니 아마도 그녀들은 남편의 사랑을 잃지 않을 것이고, 자식들은 출세할 것이고, 나라는 평화로울 것이었다.

보리암엔 기도를 잘 받는 것 외에도 유명한 것이 하나 더 있었다. 해수관음 상 곁에 있는 삼 층짜리 작은 돌탑이었다. 초라한 외모에도 천 년의 세월은 감겨 있었고, 그래서 그럴 듯한 이야기도 맺혀 있게 마련이었다. 돌탑은 가락국 수로왕의 비妃인 허황옥이 인도에서 가져온 돌로 세웠다고 했다. 재미있는 건

나침반이 탑 앞에선 제구실을 못한다는 것인데, 기단에 놓인 나침반을 자세히 들여다보면 바늘이 제멋대로 움직인다는 걸 확인할 수 있을 거였다. 물론 나는 돌이 자기를 띠고 있어서 나침반이 제 기능을 못하는 건지, 열심히 절을 올리는 불자들의 정성에 따른 기적인지는 굳이 따져볼 생각이 없었다. 줄기줄기 바다로 뻗어간 능선들과 그 위로 거슬러 올라온 바닷바람을 느끼는 것만으로도 이미 배가 불렀던 탓이었다.

오랫동안 바위에 걸터앉아 베일 너머 바다를 바라보았다. 면사를 쓴 신부처럼 남도의 바다는 수줍어보였다. 관음상이 세워지기 전의 보리암 또한 작은 몸짓으로 수줍었다고 했다. 그때는 실눈으로 저 아래 남해바다를 바라보았을 작은 법당의 작은 부처까지도 수줍었을 듯싶었다. 작은 섬들은 관음을 영접하고자 바다에 떠있는 연꽃인양 수줍었을 것이고, 대중들의 소원 또한 그러하였을 듯싶었다.

바람은 부드러웠고, 졸음이 밀려왔다. 무위의 시간이었다.

沙婆極樂自在遊 사바극락자재유
財施法施無畏施 재시법시무외시
隨緣得度無量衆 수연득도무량중
各得其所成菩提 각득기소성보리
暫時瞻仰除煩惱 잠시첨앙제번뇌
一心憶念隨願成 일심억념수원성
千手千眼慈悲力 천수천안자비력
無差平等咸解脫 무차평등함해탈

사바와 극락을 거리낌 없이 오가시며
재물과 법을 가림 없이 베푸시니
모든 중생들을 인연 따라 구제하시고
바라는 바 깨달음을 모두 얻게 하시네.
잠깐의 우러름만으로도 번뇌가 모두 사라지고
한 마음으로 생각하면 원하는 것을 모두 이루리니
천 개의 손과 천 개의 눈으로 보살피는 자비하신 원력이여
일체의 차별 없이 모든 중생을 해탈하게 하시네.

두륜산 대흥사

대흥사의 가람 배치는 크게 남원과 북원, 세분하면 북원과 남원
그리고 표충사, 대광명전의 네 구역으로 구분된다.
이중 표충사와 대광명전 일원은 후대에 조성된
별원別院의 성격을 띠고 있으므로, 대흥사의 옛 모습은
침계루 앞 계곡을 중심으로 남원, 북원이 중심이었음을 알 수 있다.
북원은 침계루를 지나야 하는데, 정면에 대웅보전 그 좌우에
명부전과 범종각, 응진전이 나란히 있다.
응진전 앞의 3층석탑은 이 절의 유물 중
가장 오래된 것으로 보물 320호로 지정되어 있다.
남원은 천불전과 동국선원이나 용화당 등 강원과 승방 몇 채가 각각
돌담으로 구획되어 있으며, 절에서 흔치 않은 유교형식의 사당인
표충사에는 서산대사를 중심으로,
사명당과 처영스님의 화상을 봉안하고 있다.

남도의 길 끝에 서서

얼굴 없는 무엇이었다. 무진이었고, 벽이었고, 바닥없이 꺼져 내린 구멍이었고, 문득문득 설렘이었다. 언제나 그것은 들여다보려고 애쓸수록 뿌옇게 흐려지는 구리거울 같았고, 숨을 몰아쉬며 뒤돌아볼 때만 풀려나간 실타래처럼 헝클어진 면목을 드러낼 뿐이었다. 반생을 넘어 살면서 나는 언제나 불안한 길을 대책 없이 걸어가는 자였고, 당연히 작두를 타는 무당처럼 세상을 건너는 자였다. 내게 있어 생의 길은 늘 모호하고 막막한 무엇이었던 게다.

하지만 산과 들판을 휘돌고 가로지르는 세상의 길들은 어떠하였던가. 미지의 세상을 향해 풀려가는 길들은 언제나 명료했고 단순했고 매혹적이었다. 길들이 시방세계로 갈라져 흐르고 치마끈처럼 풀어질 때, 나는 속절없이 끌려가 그 몸에 닿곤 했던 것이다. 조선의 땅 끝, 백두에서 뻗어 내린 국토의 등줄기가 남으로 남으로 치달리다 바다를 만나 불쑥 솟아오른 두륜산, 여러 봉우리들로부터 흘러내린 골짜기들이 한곳으로 모여 제법 실하게 터를 이룬 대흥사로 가닿는 이 길에서처럼 말이다.

두륜산은 본래 '한듬'이라 했다. 땅 끝에 이르러 불쑥 솟아오른 큰 봉우리라 하여 붙여진 이름이겠는데, 이것이 한자말과 섞여 '대듬'이라 불리더니 '대둔산'이라 바꿔 부르기 시작했고, 다시 누군가에 의해 백두산의 '두'자와 중국 곤륜산의 '륜'자들 따서 두륜산이란 이름으로 자리를 잡게 되었다는 게다. 말하자면 곤륜산 줄기가 동쪽으로 흘러 백두산으로 솟구치고, 다시 뻗어 내린 태백산 줄기의 끝에서 '점정點睛'하였다는 것. 그 본질이야 천 년이 흘렀다 하여 변할까마는 끝내 불편하였던 것은 조변하고 석개하는 인간세의 변덕스러움을 이로써 보는 듯싶었던 게다. 본질은 버리고 형식만 따라 고치고 보니 '한듬' 본래의 뜻을 어디에서 짐작해낼 수 있을 것인가.

2월 중순, 남도의 구림리九林里 장춘동長春洞은 이미 봄. 어느 사진가는 이즈음의 산을 대하노라면 하루가 다르게 그 몸피가 불어나는 게 보인다고 하던데, 범상한 나의 감성으로서도 움을 틔우고자 힘껏 수액을 밀어 올리는 나무들의 기운만은 생생하다. 가을 단풍이 절창이라는 이 십리 숲길에서, 터널을 이룬 나뭇가지들은 아직 잿빛 몸피를 두르고 있었지마는 모름지기 마음으로 보는 이들이야 그 속에서 녹음도 보고 단풍도 찾을 수 있을 것. 아쉬울 일도 없는 게다.

멀리서 법고가 운다. 두당두당둥둥둥…. 소나무, 벚나무, 단풍나무, 해묵은 동백나무들 제멋대로 자라나 굽이치는 숲길로 부처의 축원이 쏟아진다. "이 소리를 듣는 이들 모두 철위지옥에서 벗어나 피안을 찾을 지니…."

나뭇가지 사이로 대보름을 앞둔 달은 손에 잡힐 듯 걸렸고, 길은 구불구불 피안으로 기어간다. 계곡을 건너 피안의 경계로 넘어가고 보면 서산대사와 초의선사를 비롯한 선승들의 부도가 먼저 속인을 맞고, 해탈문 너머로 달빛에 젖은 산사가 넉넉한 품으로 안는다.

뎅~ 뎅~. 종이 운다. 마당 한쪽으로 종루가 서 있고, 몇몇 대중들의 그림자가 부유한다. 범종의 울음 뒤끝이 끊어질 듯 끊어질 듯 질기다. 사진 몇 컷을 버릇처럼 찍는다. 범종의 울음은 묵직하게 일어나 깊이 닿는다. 산봉우리 위로 떠오른 달의 피부가 하얗다.

느긋하게 흘러 다닌다. 담장 너머의 전각들을 넘겨다보기도 하고, 늙은 나무둥치에 슬쩍 기대보기도 한다. 시끄럽던 마음자리가 가라앉는다. 아름다운 절집이다. 그 동안 꽤 많은 절집을 찾아보았지만 이곳만큼 집들이 자연스럽고도 요란하지 않은 품으로 자리를 잡아 앉아 있는 곳도 드물었던 듯싶다.

절집은 양쪽에서 흘러드는 계곡을 뱃속 깊이 끌어안은 품새다. 종루 옆 고목에 기대서서 보면 왼편 아래쪽 금당천 너머에 있는 것을 북원이라 하고, 내가 서있는 쪽을 남원이라 한단다. 그러니 대웅보전으로 가려면 나는 금당천에 걸린 돌다리를 건너 고개를 숙이고 '침계루枕溪樓'를 지나야 한다. 침계루, '계곡을 베고 누운 누각'이란 뜻인가? 멋진 이름이다.

대웅보전은 북원 안마당으로 들어서서 정면으로 보이는 건물. 건물 자체야 크게 차이질 것도 없지만 현판만은 조선시대의 명필 원교 이광사가 쓴 것으로 유명세를 탄다. 완당 김정희가 평생지기인 초의선사에게 악평과 함께 떼라고 요구했다가 제주 유배 9년을 마치고 돌아오는 길에 자신의 판단을 후회하며 다시 붙이도록 했다는 바로 그 현판이다. 9년 동안의 엄혹한 시련이 완당을 한결 성숙한 인간으로 만들었던 것일까? 어찌되었든 글씨에 눈 밝은 이들이라면 자못 감상해볼 만도 하겠으나, 내게는 언감생심이다.

대흥사에는 이밖에도 명필들의 글씨들이 현판으로 걸려 있는데, 이광사는 대웅보전 현판 이외에도 '천불전', '침계루'의 현판을 더 썼고, 완당도 승방 처마 아래 변화무쌍하고 기름진 예서로 '무량수각' 현판을 써서 달았다. 이밖에도 정조 임금은 '표충사' 현판을 어필사액으로 써서 보냈으니, 이를테면 명필들의 경연장이 된 셈이랄까.

한편으로, 남원은 천불전을 중심으로 조성되어 동국선원이나 용화당 등

강원과 승방 몇 채가 각각 돌담으로 구획되어 있는 공간이다. 더 남쪽으로는 표충사와 부속건물, 대광명전과 부속건물들이 자리하고 있다. 각각의 당우를 낮은 돌담으로 둘러치고 그 사이사이에는 해묵은 나무들과 계곡과 초의선사가 조성했다는 '무염지無染池'가 자리 잡으니, 산사의 아늑함을 유지하면서도 위용을 잃지 않는 공간의 활용이다. 자연을 거스르지 않으면서도 어지럽지 않고, 넉넉하면서도 공간을 낭비하지 않으니 작지 않은 규모이면서도 요란스러운 느낌이 들지 않는다. 다만 박정희 정권 시절 세워졌다는 서산대사 기념관만은 꼴불견인데, 요즘의 절집에서 흔히 볼 수 있는 무작스런 건물 세우기도 이와 같을 것이다.

대흥사는 애초 작은 절집이었다. 국토의 끝자락, 그야말로 벽촌 중에서도 벽촌에 세워졌으니 태생부터 한계가 있었을 게다. 그런 대흥사가 이름 그대로 면모를 일신하게 된 것은 서산대사가 '재난이 미치지 않고 오래도록 더럽혀지지 않을 곳'이라 하여 자신의 의발衣鉢을 두도록 하면서부터라고 한다. 이후 대흥사는 조정과 불교계의 집중적인 관심을 받으며 열세 분의 대종사와 열세 분의 대강사를 배출할 정도로 크게 떨쳐 일어나 조선 후기의 불교를 대표하는 사찰이 되었다는 게다.

무염지無染地를 서성이며 달빛에 젖는 산길을 바라본다. 저 길을 따라 오르면 조선 지성사의 한 페이지를 장식할 '일지암'이 기다릴 것이나, 이미 날이 저물어 마음만으로 길을 딛는다. 저 길 어디쯤에서는 아마도 산죽山竹들이 바람을 따라 몸 비비며 서걱서걱 말을 붙여올 것이고, 초의가 환한 미소로 마중을 나올 지도 모를 일이다. 완당이 빨리 보내달라면서 투덜댔다는 그네의 그 차 맛을 음미하게 될지도 모를 일이다.

"초의 차가 떨어져 초의 차를 못 마시니 헛바늘이 돋고 정신이 멍해지네. 빨리 보내지 않으면 차밭을 모두 밟아버리겠다."

초의(1786~1866)는 조선 후기의 대선사이자 한국의 다성茶聖으로 일컬어지는 인물. 다섯 살 되던 해에 강에서 놀다가 급류에 떨어져 죽게 되었는데, 마침 부근을 지나던 어느 스님에 의해 구함을 받은 일이 인연이 되어 열다섯 되던 해에 운흥사로 찾아가 출가하였다. 열아홉에는 월출산에 올랐다가 바다 위로 떠오르는 보름달을 보면서 깨달음을 얻고, 스물둘이 되던 해부터 선지식을 두루 찾아다니며 공부하더니 '경률론' 삼장三藏에 통달한다.

백파선사와 벌인 논쟁은 그를 유명하게 만들었는데, 초의를 더욱 유명하게 만든 것은 쇠퇴해가던 차 문화를 다시 살려낸 다성茶聖으로서의 명성과 함께 다산, 완당을 비롯한 당대의 지성들과 승속의 구별 없이 평생의 친분을 나눈 아름다운 인연 때문일 것이다.

완당은 두어 번 일지암을 찾은 것으로 알려졌다. 제주로 유배를 떠날 때와 9년만에 해배되어 돌아올 때였다.

평생의 지기로서 찻잔을 두고 마주한 사내들. 차를 끓여내는 초막 주인의 조용조용한 손길과 그윽한 눈빛으로 그 손끝을 바라보는 손님의 심사가 눈에 잡힌다. 달빛 가득한 날 더불어 무릎을 맞대고 앉아 차를 마시며 다도를 논하고 정담을 나누는 사내들의 모습이라니…. 나로서야 차는 내어두고 막걸리 잔을 기울이는 게 더욱 구미에 당기는 것이지만, 그네들이야 그네들대로 노는 법도가 있으니 그 또한 족할 일.

어젯밤에 뜬 보름달은
참으로 빛났다.
그 달을 떠서 찻잔에 담고
은하수 국자로 찻물을 떠
차 한 잔으로 명상에 잠긴다.

뉘라서 참다운 차 맛을 알리요,
달콤한 잎 우박과 싸우고
삼동三冬에도
청정한 흰 꽃은 서리를 맞아도
늦가을 경치를 빛나게 하나니
선경仙境에 사는
신선의 살빛같이도 깨끗하고
염부단금閻浮檀金 같이
향기롭고도 아름다워라.

초의. 구름이 오락가락하는 새벽이나 달이 떠오르는 저녁이면 시를 읊던 이, 향불 은은히 피워두고 반쯤 마시던 차를 두고 문득 일어나 뜰을 거닐며 스스로 취흥에 젖던 이, 정적에 잠긴 초막의 작은 난간에 기대어 새와 산짐승과 더불어 놀던 그이는 문득 게송 한편을 토해냈더랬다.

대도大道는 지극히 깊고도 넓어
가없는 바다와 같고
중생이 큰 은혜에 의지함은
시원한 나무 그늘을 찾는 것과 같다.
오묘한 이치는 밝고 역력한 것이라
억지로 이름 하여 마음이라 하는 것.
어찌 감히 부근不根으로써
일찍이 해조음海潮音을 듣고서

황망히 군자의 방에 들어가
함께 진리를 말할 수 있으랴,
달빛도 차가운 눈 오는 밤에
고요히 쉬니 온갖 인연이 침노하네.
그대는 아는가 무생無生의 이치를,
옛날이 곧 오늘인 것을.

무생의 이치를 깨달은 자, 옛날이 곧 오늘임을 아는 자. 오늘 비록 그네와 더불어 차 한 잔을 나누지는 못했어도, 마음으로는 이미 열 잔인들 사양했을까. 달은 이미 꽤 높직이 올랐고, 사람의 자취는 끊긴지 오래다. 내가 머물러 있을 곳은 이곳 피안의 땅이 아니요, 지지고 볶는 세상인 것을. 발걸음을 접지만 못내 무겁다. 돌아 나오는 대웅보전 기둥에서 달빛을 받은 주련의 글자가 하얗게 빛난다.

月印千江一體同 월인천강일체동
천 갈래 강에 비친 달은 본디 하나.

진리는 오로지 하나건만 저마다 물에 뜬 달을 보고는 진리를 보았다 입에 거품을 물고 주먹을 휘젓는 요즘, 그저 찻잔을 들어 달을 즐기던 초의는 이미 말이 없고 피안교를 지나 세속의 경계로 들어섰어도 그네의 그림자는 쉬이 걷히지 않는다.

'유선관' 원앙금침에 몸을 눕혀도 쉽사리 졸음에 잡히지 않았던 건 옛 사람 때문이었을까, 질기게 이어지던 취한 젊은이들의 왁자함 때문이었을까.

佛葉難鳴豈摩能 불섭란명기마능
威光偏照十方中 위광편조시방중
月印千江一體同 월인천강일체동
四知圓明諸聖士 사지원명제성사
賁臨法會利郡生 분임법회이군생
華阿方般法涅呪 화아방반법열주

부처님과 여섯 조사님들
위광이 시방세계에 가득 차고
달은 천 갈래 강에 비쳐도 본디 하나라네.
사지에 통달한 많은 성인들
법회에 임해 많은 중생들을 이롭게 하니
화엄경, 아함경, 방등경, 반야경, 법화경, 열반경의 주문일세.

– 대웅전

世尊坐道場 세존좌도량
淸淨大光明 청정대광명
比如千日出 비여천일출
照耀大天界 조요대천계

도량에 앉아 계신 부처님

청정한 대광명을 비추시네.
마치 천 개의 해가 뜨는 것처럼
대천세계를 밝게 비추시네.

– 천불전

청량산 청량사

신라 문무왕 3년(663) 원효대사가 창건했으며,
청량산 연화봉 기슭 열두 암봉 한가운데 자리 잡고 있다.
내청량에 자리 잡고 있는 것이 청량사이고, 원효가 머물렀던 암자인
응진전은 외청량에 있는데, 청량산에서 가장 경관이 수려한 곳이다.
약사여래불을 모신 법당의 현판은 공민왕의 글씨이며,
불상은 국내 유일의 지불紙佛로 지금은 금칠을 했다.
주변에 김생이 공부하던 김생굴과
퇴계 이황이 머물며 공부하던 오산당이 있다.

사랑이 뭐길래

포동포동 살집 푸짐한 달이었다. 일원상一圓相. 아라비아 도둑의 예리한 칼날처럼 날을 세웠던 달은, 나 모르는 새 자라고 살이 올라 모난 곳 없이 둥글었다. 둥글어진 달이 밀어낸 어둠은 히잡을 뒤집어쓴 무슬림 여인네들처럼 그저 숲에서 술렁일 뿐이었다.

가문 폭포에서 떨어지는 물소리와, 중년을 넘긴 사내들의 노랫소리까지도 아름다웠던 밤. 열린 창으로 바람이 들어왔다. 일창명월청허침一窓明月淸虛沈. 가슴 열어 크게 숨을 쉬었다. 나는, 왜, 남루한 골방에 홀로 앉아, 이 따위, 시구를, 떠올리는가. 왜 이 쓸쓸한 방에 퍼질러 앉아 맥주깡통이나 비우고 있는가.

한 모금의 맥주를 삼켰고, 바람이 창으로 들어왔다. 세상을 한 바퀴 떠돌아 상거지로 돌아온 탕자를 쓰다듬는 따뜻한 손. 몽환이었다. 두 번째 맥주 캔을 뜯었고, 세 번째 담뱃불을 붙였고, 여기는 청량산 자락이었고, 하룻밤 등기댈 민박집 창을 통해 들어오는 달빛은 폭포수만 같았다.

달빛을 치어다보며, 문득 사랑하는 이의 머리를 감겨주고 싶었다. 단옷날 여인들이 창포물에 머리칼을 풀어 헹구듯, 달빛을 퍼 올려 그네의 머리칼을 섬세하게 감겨주고 싶었다. 취했던가. 그랬다. 지극히 사랑하고 사랑받고 싶었던 밤. 청량사를 품은 청량산 기슭의 하룻밤은 그렇게 깊어가고 있었다. 홀로 마주하는 산은 무거웠고, 오랫동안 눈을 감을 수가 없었고, 어쩌면 홍건적의 칼날을 피해 이 산으로 들었던 고려 공민왕과 왕비 노국공주의 혼령이 이 아름다운 숲과 계곡을 떠돌고 있기에 그러했는지도 모를 일이었다. 그랬다. 절망적인 세월을 양분으로 피어난 사랑이었다. 청량산이었다. 그네들의 숨결이 머물렀던 땅, 곳곳에 그네들의 전설이 서린 바로 그 땅이었다.

공민왕. 고려의 마지막 개혁군주. 그네는 조선 정조에 비견될 수도 있을 임금이라 했다. 하지만 끝내 사랑하는 연인을 잃고 구만리장천을 홀로 건너야 했던 외기러기, 개혁은 실패하고 신하에게 목숨까지 앗긴, 고려의 실질적 멸망에 책임을 져야 하는, 역사의 패배자로 낙인찍힌 비운의 군주라 했다.

그가 사랑했던 여인은 원수의 딸. 원나라 여자를 왕비로 맞을 수밖에 없는 현실에서, 그녀를 아내로 맞이하게 된 건 오히려 축복이었다고 했다. 그녀는 지아비의 지팡이요, 갑옷이요, 성벽이요, 칼이요, 화살이요, 꿀벌이 돼주었다 했다. 스스로 고려 여인이 되기를 자처했으며, 원나라의 간섭으로부터 벗어나 고려왕조의 부흥을 위해 노심초사하는 지아비의 정치적 동지요, 달콤한 연인이었다고 했다. 500년 국운은 기울어 홀로 그 무게를 감당해야 했을 때, 정복자의 딸이면서 오히려 고려인 낭군의 유일한 힘이 되어주었다 했다. 하여, 사내는 더없이 그녀를 사랑했고, 그녀가 세상을 버리자 더 이상 살아갈 힘을 잃었다 했다. 사랑하는 사람이 있다는 것, 언제나 믿어주는 사람이 있다는 것. 죽음으로도 끊어지지 않았던 그들의 사랑은 쌍무덤의 지하통로를 통해 오늘날에 이르도록 이어지고 있다 했다. 어쩌면 후생의 어느 한 시절 다시 태어나 윤회의 쳇바퀴 속에서 사랑을 나누고 있을 런지도 모른다 했다.

그랬던가. 내가 잠들 수 없었던 것이 그네들의 애달픈 사랑 탓이었던가. 하여, 취한 눈으로 그들을 꿈꾸었던가.

청량사는 높고 가파르고 멀리 자리했다. 내 다리는 가늘었고, 사람들이 산책하듯 걷는 길까지도 허덕거렸다. 지난 밤 끝내 악다구니를 써대던 어느 중년 사내들의 노랫소리 탓이었을까. 아니면 옛사람의 사랑을 훔쳐보느라 불면하였기로 그러하였을까.

어디가 끝인지 알 수 없는 길을 나는 걷고 있었고, 알지 못하는 길은 종종 나를 더욱 지치게 했고, 젊고 늙고 여자고 남자인 순례자들은 모두 씩씩하게 길을 올랐고, 숨은 턱에까지 차올랐고, 그래도 시작된 길은 끝이 있게 마련인 게고, 게서 또 다른 길이 이어지는 법이었다. 뱀처럼 능선을 타고 가던 길의 끝에 절집이 보였고, 절집이 바라다 보이는 곳쯤에 산꾼의 집이 있었고, 퇴계가 나이 지긋하도록 수없이 오가며 학문을 닦고 즐겼다는 공부방이 있었고, 바람에 흩날린 진달래꽃들이 핏방울처럼 깔려 있었고, 마중이라도 나온 것처럼 연등이 길을 올랐다. 아름다운 절집이었다. 청량사였다.

널찍하고 웅장해 보이면서도 조촐하고 소박한 느낌의 절집. 우뚝한 바위 봉우리들을 거느려 세상을 오시하는 느낌 탓이었을까. 서산대사의 게송처럼 세상은 이미 개미굴이었고, 하여 이곳은 신선들의 세상이었다.

이 몸이 저 시원한 열어구의 바람 타고
하룻밤 지난 사이 온 산천을 구경했네.
늙은 중이 나에게 농가의 삿갓을 주면서
일찍이 돌아와서 들 늙은이 되길 권했네.
— 퇴계 이황

퇴계는 평생에 걸쳐 청량산을 찾아 학문을 닦고 산천을 노래했다던가. 도

산서당을 지을 때 청량산과 지금의 자리를 두고 끝까지 망설였을 만큼 청량산에 대한 애착과 사랑이 남달랐다는데, 어찌 퇴계뿐이었으랴. 원효와 의상, 신라 명필 김생과 천재로 이름 높던 최치원 그리고 조선 화공 단원 김홍도에 이르기까지 이곳은 온갖 전설과 설화들이 얽히고설킨 곳. 하니 청량산의 서른여섯 봉우리 어느 하난들 범상할까보냐. 더하여 기암괴석으로 이루어진 열두 봉우리가 연꽃 꽃잎이 되고 그 꽃술의 자리에 바로 청량사가 자리하고 있으니 이만한 절집 앉음새가 어디 흔하겠는가.

넓은 길을 따르면 나무로 놓은 계단을 따라 올라, 처음 만나는 것이 안심당 安心堂. 문 앞에 이르니 글귀 하나가 걸린다. '바람이 소리를 만나면' 와우, 바람이 소리를 만나면….

바람이 소리를 만나면 꽃이 질까 잎이 필까
아무도 모르는 세계의 저쪽 아득한
어느 먼 나라의 눈 소식이라도 들릴까

바람이 소리를 만나면
저녁연기 가늘게 피어오르는 청량의 산사에 밤이 올까
창호 문에 그림자 고요히 어른거릴까

주지스님의 글이라 했던가. 멋지구나, 고개 끄덕이며 들어선다. 천정엔 한지로 만들어진 학과 북이 불을 밝히고, 원목의 나무들이 세로로 쪼개져 탁자가 되었다. 쌀 한 가마니 무게의 사진기를 그 위에 내려놓는다. 널찍한 창문으로 푸른 바람이 후둑 밀려든다. 창밖으론 연초록 바다, 직각으로 꺾여 버티는 암벽들. 이마에 솟은 땀이 냉큼 식는다. 여름엔 여름대로 가을엔 가을대로 하나의 풍경이겠다. 가느다란 내 다리에게 새삼 고맙다. 가만히 앉아 산 빛을 내다보노라니, 이대로 참선 수행이 아니고 무엇이랴. 번잡스러움과 불안과 탐욕과 애증과 어리석은 망상들로 들끓던 마음자리가 깊은 물에 든 것처럼 침잠하였다. 텅 비어서 활짝 열리는 듯도 싶었다. 다 놓아버릴 수 있을 듯도 싶었다. 그저 푹 잠겨 쉬고 싶었다.

표정 선한 보살이 물 한잔을 내려놓았다. 찻값으로 좋은 일을 하신다 하니 맛난 차 한 잔은 하고 나갈 일. 오미자는 시원하고 맑았다. 넓은 창을 통해 푸른 바람이 다시 후둑 밀려들었다.

부처님 오신 날을 앞두고 절집은 온통 연등꽃밭이었다. 범종루 마당에서 올려다보는 유리보전과 오층석탑과 심검당의 당우들이 온통 연등꽃밭에 둘러싸여 있었다. 얼마나 많은 사람들의 소원을 저 연등들은 담고 있는 것인지. 되돌이표 정권이 들어서면서 수많은 죽음과, 수많은 감옥과, 수많은 눈물들로 일구어냈던 것들이 하냥 뒤집어지고 짓밟히는 즈음, 저들의 소박한 소원들은 응답을 받을 수 있을 것인지. 만해의 시 구절대로 '알 수 없어요' 다.

聞鐘聲煩惱斷 문종성번뇌단
智慧長菩提生 지혜장보리생
離地獄出三界 이지옥출삼계
願成佛度衆生 원성불도중생

이 종소리 들으시고 번뇌 망상을 끊으소서.

불생불멸의 진리를 깨닫게 할 지혜를 가지도록 하소서.
지옥의 고통에서 벗어나고 삼계를 뛰쳐나와
성불하시고 중생을 제도 하옵소서.

– 범종루

스님은 이 게송을 외우며 종을 친다지. 종소리 한 번에 번뇌와 망상을 끊고, 종소리 두 번에 보리지혜를 얻고, 종소리 세 번에 지옥에서 벗어나 성불하라고…. 아아, 그렇다면 저 종은 이곳 청정도량에 있을 것이 아닌 게다. 아마도 북악산 꼭대기에서 귀가 깨지도록 울어야 할 게다. 온 마음을, 지극정성을 담아 광주에서처럼 유월의 아스팔트에서처럼 울어야 할 게다. 뿐이랴. 유리보전에 점잖게 앉아 계신 약사여래불께서도 벌떡 일어서셔야 할 게다. 막힌 귀를 뚫어주는 독한 약 지어들고 급한 걸음을 놓으셔야 할 게다.

어쨌든 유리보전의 현판은 공민왕이 친히 쓰신 글씨라니 찬찬히 감상해볼 일이다.

천등산 봉정사

신라 문무왕 12년(672) 의상대사가 부석사에서 날린
종이 봉황이 이곳에 내려 앉아 절을 창건하였다는 설이 전해지지만
극락전에서 발견된 상량문에 의하면 의상대사의 제자인 능인대덕이
창건한 후 조선시대까지 여러 차례 중수하였다고 전한다.
우리나라에서 가장 오래된 목조건물로 알려진 국보 15호 극락전,
보물 55호인 대웅전, 보물 448호인 화엄강당,
보물 449호인 고금당을 비롯 덕휘루, 무량해회 등의 당우들이 있으며,
가까이 있는 부속암자인 영산암 또한 유명하다.
엘리자베스 영국여왕이 방문하면서 세간의 주목을 받기도 했다.

곱게 늙어가기

오월은 계절의 여왕인가? 아니다, 사월에게 그 자리를 넘겨줘야 하리라. 지구별이 땀을 흘리기 시작한 뒤부턴 뇌세포 깊숙이 박혀 있던 이런 관념들조차 속절없이 뒤집어지는 것이니, 말하자면 사월의 세상은 눈이 부시도록 아름다웠던 거다.

천등산 봉정사 가는 길. 소월의 진달래들은 산자락마다 피를 토하듯 붉었고, 사선의 햇살에 연둣빛 이파리들은 보석처럼 빛났고, 비단자락인양 감기는 바람결에 벚꽃 파편들이 눈송이처럼 날렸고, 파스텔 톤의 초록과 연둣빛으로 눈부신 산그늘 아래에서 늙은 부부는 허리를 굽혀 땅을 일구었고, 길섶에 늘어선 느티나무 고목들이 새순을 틔우는 참이었고, 그 아래로 시냇물이 가늘게 흘러가는 중이었고, 겸손하게 엎어진 마을들은 정에 겨웠고, 구름 한 조각 걸치지 않은 하늘은 몽롱해서 문득 부끄럼도 잊어 홀라당 벗은 허수아비가 되어보고도 싶었던 게다. 안동! 수백 년 족히 묵은 종갓집들이 즐비하다는 이 동네에서, 따끈하고도 투명한 햇살 틈새기에서, 맑디맑은 바람 속에서, 즐비한 꽃내음 속에서, 쥬얼리의 '원 모어 타임'을 귀에 꽂고 그저 맨살로 두 팔을 벌려 들썩이고만 싶었던 거다.

문득문득 차를 세워 사진기로 잘라내고 싶었던 길. 하지만 풍경은 한 순간 조각난 파편으로 흘러버리는 거였고, 할리우드 영화의 '점퍼'라도 된 듯 내가 서 있는 곳은 봉정사 입구의 주차장! 잠시 어리둥절했고, 숲속으로 기어오르는 길이 올려다 보였다. 중년의 사내가 손짓을 했다. 택시 기사에게 요금을 건네야 했던 것처럼 이 절집에 닿기 위해서도 지폐가 필요했던 게다. 역시 대한민국이었던 게다, 지폐 없이 할 수 있는 일은 아무 것도 없는.

솜사탕처럼 보풀었던 마음이 슬쩍 쪼그라들었다. 그만 샐쭉해졌다. 절집은 부처님을 만나러 가는 곳인가, 아님 박물관 혹은 놀이공원인가. 하지만 그뿐이었다. 비탈진 소나무 숲길로 들어서니 이미 불편했던 마음은 스러지고 그만이었다. 하긴 늘 그러하였다. 대개 절집으로 닿는 길들은 삐쳤던 마음을 바람난 처자의 치마끈처럼 슬며시 풀어지게 하였던 것을…. 봉정사 가는 길도 아마 그러하였을 거였다.

뽀얀 길바닥 위에 그림자로 쓰러진 소나무들 너머에서 물소리가 들려왔다. 가녀린 소리. 장엄한 품으로 쏟아져 내리는 계류가 아니어도 좋았다. 물소리는 언제나 아기를 다독이는 어미의 가락처럼 포근하지 않던가. 알 수 없는 힘이 나를 이끌었다. 몇 걸음 옮기지도 않아 소나무 그림자가 걸린 오솔길 끝으로 너덜바위가 누웠고, 한 무리의 진달래꽃이 하늘거렸고, 냇물 너머로 부끄러운 듯 정자 한 채가 낮게 앉아 있었다. '명옥대'였다. 본래 낙수대란 이름을 가지고 있었다던가. 퇴계 선생이 제자들과 더불어 학문을 논하던 곳이라던데, 내게는 기둥에 등 기대고 앉아 막걸리 잔을 기울이면 딱이겠다는 생각이 먼저 드는 곳이었다.

좋다. 누구에겐 학문을 쌓든, 돈을 쌓든 깃발을 꼽는 것이 존재 이유가 된다면, 그저 한 순간 한 순간 아쉬울 것 없이 놀다 가리라 마음먹을 수도 있지 않겠는가. 그렇다. 너덜바위에 퍼질러 앉아, 막걸리 한 잔 없이 시간을 건너니 퇴계의 곁이었다.

퇴계 이황. 율곡과 더불어 쌍벽을 이뤘던 대학자이면서도 인간적 소탈함을 지녔던 사내, 그가 계류 너머 너덜바위에 앉아 있었던 게다. 그의 이름 앞에서 누군들 주눅 들지 않을까만 눈빛만은 사월 햇살 같았던 사내가 그곳에 있었던 게다. 넉넉하게 펼쳐진 들판과도 같은 품을 지닌 사내, 멀리서 보노라면 만만하게도 보이건만 오르고 보면 끝 간 데 없이 깊디깊은 지리산과도 같은 사내, 퇴계가 빙긋 미소를 지었던 게다.

믿거나 말거나 그의 일화 중에는 이런 일도 있었단다. 퇴계가 장가를 가서 첫날밤을 지낸 뒤에 장모가 딸에게 이렇게 물었다는 게다. "그래, 초야는 잘 지낸 거니?" 일테면, 고리타분한 유학자인 퇴계가 잠자리에서마저 맹맹했을까 저어했던 게다. 장모의 염려처럼 퇴계는 숙맥이었을까? 새색시는 이렇게 말했단다. "말도 마소, 짐승입디다!"

사실이건 아니건 상관치 않는다. 나는 그에게 반하고 만다. '도가 뭐냐? 밥 먹고 똥 싸는 일이다'라고 일갈했던 어느 도인의 한 방망이와 다르지 않음을 게서 문득 깨닫게 된 까닭이다. 나누고 분별하는 거야 우리네 범상한 속인들의 어리석음에서 비롯될 뿐, 부처와 예수와 퇴계가 모두 한 곳으로 걸어감을 비로소 깨닫는 때문이다. 하여 나는 퇴계와 이별하여 갈 길을 간다. 본래 내가 가고자 했던 곳, 봉정사로.

초입의 느낌에 비하면 절집 경내는 싱겁게 드러난다. 제법 널찍한 주차장이 펼쳐지고, 찾는 사람마다 사진을 찍기 시작하는 일주문과 만세루 등의 당우들이 곧 맞는다. 전각들이 앉은 터는 좁다. 돌계단을 올라 만세루 누각 아래를 지나면 앞마당. 정면에 어쩌면 가장 오래된 목조건물일지도 모를 대웅전이 있고, 오른쪽에는 전서로 쓰인 주련을 달고 있는 무량해회無量海會, 왼쪽은 화엄당, 그 지붕 너머로 건너가면 극락전과 고금당…. 모두들 나이로 치면 이나라 목조건축물의 웃어른들인 셈이고, 아름다움과 의미를 논함에 있어서도 빠지지 않는 건물들이란다.

하지만 나를 반하게 만든 건 그런 것들이 아니다. 올라서지 말라는 팻말을 굳이 무시하고 올라보면 만세루 아래쪽으로 펼쳐지는 황홀한 계절이 오히려 가슴에 벅찼던 게고, 전각들에 딸린 툇마루 누마루에 앉아 다리쉼하던 시간들이 공간들이 더욱 평안했던 게다.

절집 대웅전의 툇마루는 일전 강화도 정수사 대웅전에서 보고 흐뭇했던 적이 있지만 봉정사에서는 차고 넘치는 것들이 밖을 향해 터진 마루들이었다. 아마도 카메라마저 내려놓고 퍼질러 앉아 오랫동안 이 절집에서 벗어날 수가 없었던 것도 이들 마루 탓이었을 게다. 여느 사대부 집의 사랑채 누마루에 앉아 장엄한 우주를 가슴으로 받아들이는 기분으로 흐벅졌던 때문이었던 게다.

단순히 그러했다. 유명짜한 필자들이 하나처럼 늘어놓은 영산암의 건축미와 정원의 꾸밈에 대한 경탄을 읽어보았음에도 그러했다. 유독 나를 미혹했던 것들은 그 누마루들이었다. 어쩌면 계절 때문이었을지도 모를 일이었다. 영산암 누마루에 앉아 내려다보는 절집의 풍경이 황홀하였던 것도 어쩌면 계절 탓인지 모를 일이었다.

하지만 어찌 그 때문이기만 할까. 큰대자로 누워 천정을 바라보는 것만으로도 일미인 것을. 어린 시절, 대청마루에 누워 바라보았던 대들보와 서까래, 석회로 발라진 천정 그리고 네모지게 뚫린 안마당의 그 하늘…. 지나간 한 시절이 눈앞으로 흘렀다. 영산암 마루에서 바라다 뵈는 신록과 그 사이 사이 절집 전각들과 오가는 사람들 또한 꿈처럼 흘렀다. 술 한 잔 입에 대지 않았어도 몽롱하였다. 내려다보이는 절집 지붕들이 기우는 햇살에 하얗게 빛났고, 얼마의 시간이 흘러갔는지 나는 잊었고, 엉덩이는 끝내 무거웠다. 부처도 나도 지워진 자리에 백일몽만 흐드러졌다.

영산암에서 내려오는 길로 극락전 앞이었다. 움직여온 선으로 보면 조금

엇나간 셈이지만, 그러했다. 어쩌면 이 절집에서 가장 유명한 건물로 알려졌기에 조금은 아껴두고 싶었던 것일까. 극락전 지붕 너머로는 소나무들이 씩씩했고, 벚꽃이 흐드러졌다.

1962년 12월 20일 국보 제15호로 지정되었다. 정면 3칸, 측면 4칸의 단층 맞배지붕 주심포柱心包 집이다. 건물의 전면에만 다듬질된 돌 기단을 쌓고 그 위에 자연석 초석을 배열하여 주좌柱座만을 조각하였고, 초석 위에는 배흘림기둥을 세웠다. 극락전 전면과 측면 중앙칸에 판문板門을 달았고 전면 양협간兩夾間에는 살창을 달았는데, 전면의 판문과 살창은 수리할 때 복원된 것이며 수리하기 전에는 3칸 모두 띠살 4분分 합문閤門이 달려 있었다. 이 건물은 통일신라시대 건축양식을 이어받은 고려시대의 건물로 우리 나라에 남아 있는 목조 건축물 중 가장 오래된 것으로 그 가치가 높다.

— 네이버 백과사전 인용

읽고 있어도 머릿속에 잡히는 게 없었다. 그러니 내 깜냥으로 건물의 아름다움과 의미에 대해 이러쿵저러쿵 해봐야 헛될 뿐이었다. 어쨌든 현존하는 최고의 목조건물로 알려졌다가 근래에 들어 대웅전에 그 위치를 넘겨줄 처지가되었다는데, 겉보기로야 천 년은커녕 백 년도 되어 보이지 않았다. 수리를 해서 세월의 흔적이 지워진 탓인 지도 모르지만 어쩌면 세월의 커란 게 본래 관념 속에만 존재하는 거였는지도 모를 일.

앎이 짧으니 알아보는 것 또한 얄팍하여, 그저 무심히 돌아볼 뿐이었다. 법당의 아미타불 또한 말없이 앉아 계실 뿐이었다. 한 동안 눈을 맞추었어도 희미한 미소뿐이었다. 손을 모아 합장했어도 묵묵부답이었다. 사진기를 들어 겨누었어도 고개 또한 젓지 아니하였다. "자, 증명사진 한 장 찍으셔야죠?" 들숨과 날숨의 사이가 길었다. 파인더 속에서 아미타 부처님이 비틀거렸다.

검지에 생각이 걸리고 부유하던 아미타 부처님이 떨어져 나왔다. 고금당 주련 글귀가 연무 속으로 떠올랐다.

未生之前誰是我 미생지전수시아
我生之後我是誰 아생지후아시수
長大成人裳是我 장대성인상시아
合眼朦朧又是誰 합안몽롱우시수

이 몸을 받기 전에 무엇이 내 몸이며
세상에 태어난 뒤 내가 과연 누구이던가.
자라서 사람 노릇 잠깐 동안 나라고 하더니
눈 한번 감은 뒤에 내가 또한 누구이런가.

— 고금당 주련

청나라 3대 황제인 순치제가 출가하면서 쓴 시의 일부라던가. 유아독존의 부귀영화를 누렸던 자가 깨달아 알았던 사유의 끝이 이러했으니, 내게 이르러 더 말할 것이 없었다.

벚꽃 파편들이 눈송이처럼 날았다. 죽자고 손아귀에 움켜쥐었던 것들이 스르르 빠져 달아나고 있었다. 사월이었고, 계절의 여왕이었다. 나무들은 천 년을 살아 저토록 아름다웠다. 대웅전이 그러하였다. 극락전 또한 그러하였다.

나 또한 그리 되어갈 것인가. 알 수 없는 일이었다.

삼각산 도선사

조계종 직할교구 사찰로, 도선대사가 1천 년 뒤의 말법시대에
불법을 다시 일으킬 곳이라 하여 절을 세우고
큰 암석을 손으로 갈라서 마애관음보살상을 조각하였다고 전해진다.
1887년 임준이 5층탑을 건립하고
그 속에 석가모니의 진신사리를 봉안하였으며,
1903년에는 혜명이 고종의 명을 받아 대웅전을 중건하였고,
1904년에는 국가기원도량으로 지정되었다.
근래 호국참회원을 건립하고 불교의 평화 염원과
실천불교·생활불교 운동을 전개하며 주목을 받고 있다.
문화재로는 서울특별시 유형문화재 제34호로 지정된
높이가 8.43미터에 이르는 도선사석불이 있는데,
영험이 있다고 하여 기도를 올리는 불자들이 끊이지 않는다.

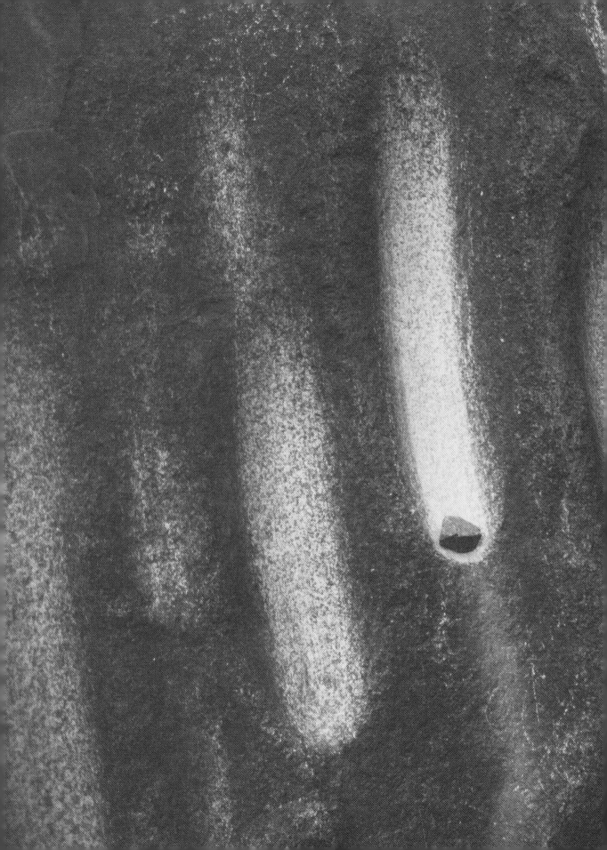

이 길의 끝을 잡고

길은 산비탈을 기어오르는 뱀처럼 부드럽고 매끈하게 흘러 간다. 등골을 타고 흘러내리는 땀, 끈끈하다. 우이동 종점에서 시작된 짧지 않은 길은 지긋이 오르며 거친 날숨으로 조계종 초대종정 청담 큰스님과 깊은 인연이 닿은 도선사로 이어진다.

세상엔 수많은 길이 있다. 어떤 길은 평탄하고, 어떤 길은 험상궂고, 어떤 길은 여유만만하게 휘돌고, 어떤 길은 산맥을 뚫는 칼이 되기도 한다. 또한 어떤 이는 탈것으로 화살처럼 내달려 가는가 하면 다른 이들은 한 걸음 한 걸음 느리게 밟아가기도 한다.

그렇게 나아가는 도선사 길 모퉁이엔 한 발자국씩 제 발로 걸어온 이들만 쓰다듬어 가질 수 있는, 예사롭지 않은 큰 바위 한 점이 수문장처럼 섰다. 거 인의 단단한 손톱에 파이기라도 한 것처럼 깊은 상흔을 드러내 보이는 바위…. 바위는 아마도 하염없는 시간들을 사람들의 기원을 들으며 패이고 깎 여왔을 것이다. 마치 지장보살의 현신이기라도 하듯 제 몸을 공양하여 힘겨운 업보를 짊어지고 산사로 오르는 중생들을 위로하면서…. 하여, 이 길을 스쳐 가고 오던, 수많은 사람들의 소망의 깊이만큼 그 상흔 또한 깊어졌을 게다.

바위의 상처를 쓰다듬던 손을 들어 이마의 땀을 문지르고 보면 구부러져 오르는 길이 하얗게 빛난다. 그늘이 깊어 오히려 빛나던 그 길. 청담스님은 《마음》에 이렇게 썼다.

길은 사람이 존재하는 한 언제나 있고
그러므로 그 길은 역시 영원하다.
인간의 깨달음 역시 마찬가지다.
완성이란 언제나 없다. 완성이란 죽음뿐이다. 그리고
그 죽음도 다만 탈바꿈에 지나지 않는다.
뜬구름 같은 우리의 삶, 끊임없이 나아가고 있을 뿐이다.
그 길에 어느 때는 저토록 붉은 노을이 내리고
인간의 외로운 발자국이 남겨지리라.
그 길은 나에게 젊음을 빼앗아 갔다. 그러나
그 길은 더 많은 것을 나에게 바라고, 또 주겠노라고 약속하고 있다.

그랬다. 스님의 법어처럼 사람이 있었기에 길은 이루어졌고, 사람이 존재해온 이상 지워지지 않았을 게다. 그리하여 태어나 무덤으로 가는 그 길처럼 도선사로 오르는 그 길은 사람들의 그림자로 끊이지 않았을 게다. 그리고 그네들은 길의 끝에서 명부전을 만났을 게다.

명부전은 지장보살을 모시고 죽은 이의 넋을 인도하여 극락왕생하도록 기원하는 전각이다. 무슨 수를 쓰든 죽음으로부터 벗어나고 싶어 하는 게 인간의 숙명이라면, 명부전은 늘 선뜻한 느낌이리라. 그럼에도 음습한 죽음의 그림자로부터 벗어날 수 있다면 지장보살 덕분이다. 그리고 이런 지장보살의 서원이 담긴 것이 명부전의 주련이다. 지장보살의 서원이 한 글자 한 글자 문신처럼 새겨져 있는 게다.

地藏大聖滅神力 지장대성위신력
桓河沙劫說難盡 항하사겁설난진
見聞瞻禮一念間 견문첨례일념간
利益人天無量事 이익인천무량사

지장보살 위신력은
억겁으로도 다 말하기 어렵고
보고 듣고 예배하는 잠깐 동안
인천의 이익 헤아릴 수 없네.

'지옥이 텅 빌 때까지 성불하지 않겠다'고 서원하셨던, 그래서 대원본존
이라는 수식어가 붙어 다니는 지장보살….

말하자면 그는 자신의 안락은 뒷전으로 돌리고 지옥이든 천상이든 고통
받는 중생들이 있는 곳이면 어디든 찾아가서 구원하고자 하는 보살인 게다.
과연 그분의 원력이 모두 이루어져 고통 받는 사람들이 없는 그런 세상은 올
수 있을 것인가.

아득하다. 세상은 해를 더해갈수록 정글이 되어가고, 탐욕스런 자들의 모
진 사냥터가 되어가고 있지 않은가. 선의는 비웃음으로 되돌려 받고, 어린 영
혼들에게 무슨 수를 쓰든 다른 사람들을 밟고 올라서야 한다고 가르치지 않던
가. 권력은 민중을 억누르고, 사용자는 고용자를 착취하고, 가진 자는 가진
것 없는 자를 비웃지 않던가. 하니 지상보살이 성불할 날이 어느 때가 되어 올

수나 있을 것인가.

도선사의 명부전은 그래서 의미심상하다. 극락왕생을 기원하여 봉안된 인물들의 이력 때문이다. 그들은 바로 박정희 전대통령 부부와 정주영 현대그룹 회장. 그들의 생전 공과를 새삼 따질 뜻이야 애초에 없는 바지만 그들의 영혼이 지장보살의 원력을 입어 윤회의 업을 면했을 것인지 잠시 생각해보게 된다. 부와 권력, 세상 모든 사람들이 수단방법을 가리지 않고 수중에 넣고자 원하는 그 모든 것들을 원 없이 누렸으되 이제는 말없이 촛불 그림자 속에서 일렁이며 표정 없는 눈으로 나를 응시할 뿐인 그들….

청담스님은 말했다.

사람들은 모두 마음속에 불을 하나씩 담아서 부글부글 끓이고 삽니다.
저 높은 자리에 내가 꼭 앉아야 할 텐데, 금쪽같은 내 자식이 일류대학에 철커덕 붙어야 할 텐데, 손이 귀한 가문에 시집을 왔으니 이번에 꼭 아들을 낳아야 할 텐데, 돈을 왕창 벌어 남부럽지 않게 떵떵거리며 살아야 할 텐데, 할 텐데, 할 텐데….
무엇으로 이 불을 꺼야 마음이 편안해 집니까?
뜨거워서 팔짝팔짝 뛰어 봐도, 호호 불어 봐도, 벌컥벌컥 찬물을 들이켜도, 가슴을 쾅쾅 두들겨 봐도 이 불은 꺼지지 않습니다.
마음이 바로 나이거늘 그 나를 버리고 당신은 지금 어디서 무엇을 구하고 무엇을 해야 되겠습니까.

그러하다. 오늘 우리는 무엇을 얻기 위해 마음을 들볶고 다른 동료인간들을 해치고 있는가.

생로병사의 업으로부터 헤어날 수 없는 것이 인간의 숙명이련만, 돌아서면 저 산 아래로 하루하루 버거운 현실에 비틀거리며 살아가는 이들이, 아득하다. 🐚

금오산 향일암

의자왕 19년(659) 원효대사에 의해 창건되었으며,
금오산 기암절벽 사이의 울창한 동백나무와
남해 수평선에서 솟아오른 일출이 일품인 절집이다.
경내에는 대웅전과 관음전, 칠성각, 취성루, 요사채 등이 있는데
이 건물들은 모두 1986년에 새로 지은 것들로
역사의 켜는 얇은 편이며, 거북무늬를 하고 있는 산 정상의
바위들에서 바라보는 전망은 마음을 시원하게 해준다.
한편 대웅전 뒤에 있는 일명 흔들바위를 흔들면
경전을 사경한 공덕이 있다는 이야기가 전해진다.

파도에 뜬 한 송이 꽃

다리를 건너면 돌산도. 우리나라에서 일곱 번째로 큰 섬이었다. 그래, 섬이 '었' 다. 이제는 운명이 바뀌어 땅 끝 마을이 된 셈이니까. 하여, 그렇게 육지와 단단히 묶어놓은 다리를 건너면 길은 삼각뿔 모양의 산봉우리 사이로 풀어진 실처럼 이어지고, 유채물감을 칠한 듯 탁하게 가라앉은 하늘을 이고 고깃배 수런대는 마을과, 콩나물시루처럼 푸른 머리로 떠있는 돌섬들과, 노랑색 수채물감처럼 풀린 산수유, 뭉게구름처럼 피어난 백매화, 부지런한 진달래들이 수런대는 꽃들의 영지이다.

하긴 어느 꽃이라 아름답지 아니하랴만, 그러하다 해도 이른 봄에 찾은 향일암을 대표하는 꽃은 동백꽃일 테다. 동백꽃. 동백은 제각기 피어 제각기 진다. 새침데기 처녀처럼 야물게 입술을 다문 놈과, 세상물정 훤한 아줌마처럼 목젖이 보이도록 웃는 놈이 한 몸에 있다. 그리하여 꽃은 절정의 한순간 후두둑 떨어진다. 제주에선 그 모습이 망나니의 칼날에 떨어지는 사람의 목을 떠올린다 하여 심지도 않고 선물하지도 않는다던가.

향일암 입구의 동백나무 발치엔 핏빛으로 홍건했다.

땅끝, 거북이 머리 숙여 바다를 들여다보는 곳. 향일암은 거북의 몸통에

제비집처럼 매달렸다. 새벽이면 떠오르는 해를 맞아들이고 저물녘이면 배웅하는 절집이다. 하지만 '해를 바라보는 것은 중생의 마음일 뿐', 부처님의 도량은 해를 품안에 안는 것이니, 이로 하여 향일암은 해를 품은 사찰이라 말해진다.

사찰로 찔러 올라가는 계단이 낯설다. 백팔번뇌의 고행길일까? 상상은 발랄하지만 모두 291개, 계단 중간쯤 일주문이 경계를 짓는다. 높지는 않아도 숨이 가쁘다. 중간 중간 다리쉼을 하며 일망무제한 남도의 바다를 관망한다. 거북이 바다를 향해 머리를 내민다. 생명의 시원인 바다. 짧은 다리로 돌아가기엔 너무도 먼 길이어서 바다의 품에 안기기도 전에 몸이 먼저 굳었다.

두터운 구름 너머에서 날이 저문다. 거대한 바위틈으로 한 사람이 겨우 지날 길이 뚫렸고, 동백꽃은 그 너머에서도 툭툭 모가지를 꺾고 있다.

길은 벼랑 사이로 꺾여 오른다. 바다가 사라지고 다시 드러난다. 그렇게 한순간 대웅전 마당이 터진다. 남해 한려수도를 내려다보며 천년 세월을 건너온 절집이 거기 있다. 낙산사 홍련암, 금산 보리암, 강화 보문사와 더불어 4대 관음기도 도량으로 꼽히는 금오산 향일암! 원효대사가 원통암이라 이름 했던, 고려시대 윤필대사가 금오암으로 바꾸어 불렀던, 조선시대 인묵대사가 '향일암'이라 고쳐 부르기 시작했던 이 절집에서는 부처도 중생도 일망무제의 바다를 바라본다.

蒼海茫茫寂滅宮창해망망적멸궁
넓고 넓은 푸른바다는 부처의 궁전이로다.

원효대사는 깨달음의 환희에 차서 이렇게 노래했었다. 스스로는 물론 산천초목이며 세상 모든 것들이 부처의 현성이라고….

대웅전 옆으로 몇 번인가 바위굴을 지나면 그곳이 바로 원효스님이 수행했다는 바위굴이 있고, 관음전이 세워졌다. 천 개의 귀와 천 개의 눈을 열어 놓고 중생을 구제하기 위해 한 순간도 쉬지 않는다는 관음보살이 거하시는 곳.

손을 모아 합장하고 붉은 향을 피운다. 10년도 긴 세월이라 강산도 변한다는 말까지 있지만, 원효의 이름만은 1400여 년이 흘렀어도 여전히 향기로우니 10년이든 천 년이든 무슨 분별이 있을까.

사위는 점점 어두워가고, 법당에서 흘러나오는 불빛이 포근하다. 바다도 하늘도 깊디깊은 푸른 색. 언어 너머에 있는 그 빛깔을 어찌 표현할 수 있을까.

문득 10년쯤 전의 어느 날이 떠오른다. 숭어가 산란하기 위해 바닷가로 떼 지어올 때쯤이었으니 봄날이었겠다.

향일암 아래 갯바위에 앉아 오랫동안 바다를 바라보고 있었다. 선홍색에서 자줏빛으로 그리고 푸른색으로, 시간이 지나면서 검은빛으로 떨어지던 하늘과 바다를 넋을 놓은 채 바라보고 있었다. 주위엔 몇 병의 비어버린 소줏병이 굴러다녔고, 어느 순간인가 파도 위에 달이 떠있었더랬다. 환영처럼 물결 위를 날아다니던 금빛 빛조각들, 빛나는 황금빛 하루살이 떼들의 군무, 그 매혹적인 손짓…. 누군가 나의 어깨를 잡지 않았다면 금빛 하루살이들을 쫓아 바다로 걸어들어 갔을지도 모를 일이었다.

10년 세월을 건너 범종이 울었다. 긴 여운을 남기며 바다로 빨려드는 종소리. 젊은 날의 고뇌와 좌절과 두려움들이 종소리의 여운처럼 아련했다. 모든 것들은 지나가는 법이었다. 한 발자국을 걸으면 한 발자국만큼, 열 발자국을 걸으면 열 발자국만큼. 천지사방이 끝 모를 늪일 지라도 애써 한 걸음 한 걸음 걸어야 하는 이유가 거기에 있었다.

종소리가 스러지는 수평선 위로 동백 한 송이가 붉었다.

一葉紅蓮在海中 일엽홍련재해중
碧波深處現身通 벽파심처현신통
昨夜寶陀觀自在 작야보타관자재
今朝降赴道場中 금조강부도량중

한 떨기 붉은 연꽃 해중에서 솟으니
푸른 파도 깊은 곳에 신통을 나타내시네.
지난 밤 보타산의 관음보살님이
오늘 아침 도량으로 강림하셨네.

– 관음전

마니산 정수사

강화도 마니산 동남쪽 기슭에서 서해를 내려다보고 있는 절집이다.
신라 선덕여왕 8년(639) 회정선사가 참성단을 참배한 다음
이곳의 지세가 불제자의 참선수행에 적합하다 하여 절을 짓고
정수사精修寺라고 하였다가 세종 5년(1423) 함허대사가 절을 중창하면서,
법당 서쪽에서 맑은 샘이 솟아나는 것을 보고 정수사淨水寺로 바꾸었다 한다.
정수사에서 눈여겨 볼 것은 대웅전 건물인데, 정면 3칸 측면 4칸으로
원래는 툇마루 없이 정면과 측면이 3칸 건물이었던 것으로 추정된다.
앞쪽 창호의 꽃무늬 조각이 매우 화려하며 솜씨가 뛰어나지만
이 절집의 뛰어난 점은 절집을 등질 때다.

작은 것이 아름답다

'따다다다다…'

아스팔트를 깨는 전동기구의 타격음. 묵지근한 잠결을 비집고 느릿하게 의식이 돌아온다. 무슨 소릴까? '따다다다다…' 아직 창밖은 어둡다. 이곳은, … 어딘가? 익숙지 않은 잠자리… 서서히 명료해지는 의식. 모래라도 들어간 것처럼 각막이 서걱거리고, 자석처럼 눈꺼풀이 들러붙는다.

절집에 몸을 눕혔었다. 몇 시나 되었을까? 감은 눈꺼풀 속에서, 희미한 의식이 떠다닌다. 첫 경험, 절집에 머물러 맞이하는 새벽은 생경하다. 마니산. 참성대. 단군…. 그랬다. 내가 누운 곳은 한민족의 성스런 산중인 게다. 한 줄기 바람처럼 휘돌다 물러나왔을 뿐이던 서먹했던 공간, 절집 스님의 거처에 내가 누워 있는 게다.

'따다다다다….'

딱따구리다. 자명종처럼 나를 깨운 건 딱따구리다. 자리를 털고 나선다. 사위는 검푸른 휘장으로 덮였고, 늙은 느티나무에 박힌 반월검은 서릿발이다. 살집 포동포동한, 털빛 하얀 진돗개가 내 발목에 볼을 비빈다. 공양간 불빛이 달그락거린다. 동막 갯벌을 건너온 바람은 아직 칼날이다. 옷깃을 여민다. 단정하게 법당으로 뻗어 오르는 계단, 흘러나오는 불빛이 고요하다. 산 아래 내려다뵈는 바다 위로 하늘이 붉게 터진다. 서해바다에서 보는 낯선 일출, 마니산 고요한 산중에 안겨 있는 작은 절집의 새벽이 터지고 있다.

정수사는 작다. 대웅전과 설법당 겸 요사, 삼성각, 조선시대의 고승인 함허대사가 차를 마시던 곳이라는 다실이 전부다. 세상과 경계를 짓는 일주문도 위풍당당한 누각도 없다. 이웃의 전등사나 보문사에 비하자면 누추하다 할 만큼 소박하다. 김봉렬 교수가 《가보고 싶은 곳 머물고 싶은 곳》이란 책에서 지적했던 것처럼, 일반 재가신도를 위한 사찰이 아니라 수행하는 스님들 몇 분이 머물러 수행하는 공간으로서, 필요 이상으로 크게 하지 않으려는 절제심의 발로였을 게다.

하지만 서민적인 외양에도 이 절집에 서린 역사는 무겁고, '작은 것이 아름답다'는 말에 어우러진다. 관광객들이 밀려드는 유명 사찰의 번잡함을 좋아하지 않는 나로서는 첫눈으로 마음에 담긴다. 스님의 따뜻한 마음이 만들어 낸 쉼터에서 공짜 차 한 잔을 마시며 내려다보는 서해바다의 풍경이 좋았고, 늙은 느티나무가 서있는 지붕 높이의 평평한 바위에 앉아 법당 툇마루로 쏟아지는 햇살을 바라보는 일도 좋았다. 여느 절집을 찾았을 때처럼 이곳저곳 기웃거리다가 하릴 없이 물러나올 때의 무덤덤한 느낌에서 벗어날 수 있는 게 좋았고, 하여 오랜만에 편안하고 한가롭게 스스로의 마음을 들여다볼 여유를 얻게 되어 더욱 좋았다.

더하여 보물로 지정된 문화재 한 가지 또한 감상할 수 있는 건 금상첨화인 셈. 세종 5년(1432)에 지어진 법당과 통나무를 깎아 꽃병을 아로새긴 문창살이 그것이다. 현존하는 목조건물의 99.9퍼센트가 임진왜란 이후에 세워진 것으로, 기껏해야 200년에서 300년 정도인 것에 비하면 정수사의 대웅전은 품고 있는 세월만으로도 귀중한 유산에 속하는 셈이다. 호화롭지는 않으나 정교하게 지어진 법당에서 발견할 수 있는 또 한 가지 특별함은 툇마루. 스님의 말로는 아랫마을에 사는 사람들이 산을 넘어가면서 툇마루에 앉아 쉬어가곤 했다는데, 서민적인 절집의 분위기에 어울리는 정감어린 일상이었을 게다.

법당 건물에 툇마루를 놓은 것은 안동 개목사 원통전을 포함해 전국에 두 곳뿐이다. 법당 앞의 툇마루는 법당의 이미지를 소박하게 만든다. 장엄을 뽐내야 할 큰 절의 법당에는 있을 수 없는 서민적 공간 요소다. 법당 앞에는 작은 마당이 있는데, 마당 끝은 축대와 자연 절벽으로 이루어진다. 특히 서쪽 경계를 이루는 높지 않은 절벽은 위압적이기보다 친근하며, 웅장하기보다 아담하다. 마치 암석으로 만든 담장과도 같다. 서민 형식의 법당에 너무나 잘 어울리는 절벽이며 바위다. 이 바위 위에서 법당과 마당을 내려다보는 경치도 일품이다. 어쩌면 이렇게 건물과 마당이 잘 어울릴 수 있을까?

김봉렬 교수가 같은 책에 쓴 글의 일부를 옮겨 적어보았다.

웅장함. 화려함. 눈이 번쩍 떠지는 볼거리들…. 산을 찾고, 유적지를 찾고, 절집을 찾을 때 우리가 기대하는 건 대개가 이런 것들이다. 넓은 아파트, 큰 차, 얼짱, 몸짱…. 세상의 관심 또한 온통 껍데기에 쏠려 있다.

하지만 작아서, 소박해서 오히려 아름답고 감동스러운 것들도 많다. 만약 그대가 작고 질박한 것들에서 아름다움을 느낄 줄 아는 마음을 가졌다면, 한 번쯤 정수사를 찾아가도 좋겠다. 어쩌면 몰래 감춰두고 혼자만 누리고 싶은 공간, 그런 절집을 만나는 인연이 지어질 수도 있으니….

摩訶大法王 마하대법왕

無短亦無長 무단역무장

本來非皁白 본래비조백

隨處現靑黃 수처현청황

부처님은

짧지도 길지도 않으시며

본래 희거나 검지도 않으며

모든 곳에 인연 따라 나타나시네.

– 법당

희미하게 빛나는 법당의 주련을 읽는다. 새벽의 푸른빛에 드러나는 힘이 실린 글씨, 홀로 깨어 새겨보는 게송은 새롭다. 부처는 대소장단의 분별 이전의 존재, 선과 악의 구별 또한 무의미한 것이라고, 주련은 일러준다. 그랬다. 길다 짧다 검다 희다 하는 것은 단지 어리석은 나의 분별이 만들어내는 것. 그동안 나는 얼마나 어리석었던가. 강물에 비친 달을 보고 달을 안다고 생각했었던가. 인생 최대의 성공은 다른 사람들의 선망어린 시선을 모으는 것이라 믿었고, 그런 화려한 껍데기만 쫓아다녔었던가. 하여 나 자신의 본질, 가려져 있는 부처를 외면하며 살아왔었던가.

장자는 말했다.

다른 사람을 다스리는 자는 혼란 속에 산다. 다른 사람의 다스림을 받는 자는 슬픔 속에 산다. … 혼란으로부터 맑음을 얻고 슬픔으로부터 자유를 얻는 길은 도와 함께 사는 길이다. 비어 있는 그 나라에서.

맑음과 자유는 '공'의 세계에서나 얻을 수 있는 것, 나는 어떠한가. 내가 찾아가는 길은 세상에 이름을 드러내거나 무엇인가를 얻을 수 있다고 믿는 길이었다. 내가 가는 모든 길에서는 이익과 성공에 대한 욕망이 도반이었다.

하지만 도를 얻은 부처는 말한다, 도조차 얻은 것이 없음이라고.

난 아무것도 얻지 않았다. 오히려 그 마음 때문에, 언제나 무엇인가를 얻으려고 하는 마음 때문에 모든 것을 잃고 있었다. 난 아무것도 얻지 않았다. 오히려 그 반대로, 얻고자 하는 사람이 사라졌다. 나는 더 이상 존재하지 않는다.

한 목소리가 상념을 깨운다.

"아침공양 하세요!"

돌아보니 공양주 보살이 맑게 웃는다.

마당 구석에서 솟아나는 함허약수와 서늘한 공기만으로도 이미 한껏 배가 불렀건만 그녀는 아침공양 자리로 나를 부른다. 🐚

정족산 전등사

전등사는 현존하는 한국 사찰 중 가장 오랜 역사를 가진 사찰로,
고구려 소수림왕 11년(381)에 아도화상에 의해 창건되었다.
처음에는 진종사라 하였다가, 고려 충렬왕의 비 정화궁주貞和宮主가
이 절에 옥등玉燈을 시주하면서 전등사로 개명하였다.
고려시대에 지어진 대웅전이 보물 제178호로 지정되어 있고,
그밖에도 약사전(보물 제179호) 범종(보물 제393호) 등의 문화재가 있다.
대웅전에는 중종 39년(1544)에 정수사에서 개판改版한
《묘법연화경妙法蓮華經》의 목판 104장이 보관되어 있다.

처마 밑의 벌거벗은 여인

　　　　강화 정족산성 남문을 들어서면 처음 맞아주는 것은 늙은 은행나무. 온종일 한가롭게 향을 사르는 고승처럼, 은행나무는 담담하게 가을 끄트머리에 서있다. 나이가 많아 이미 육백 살, 혹은 칠백 살. 눈부시게 빛나던 잎들 모두 무너져 내리고, 앙상한 가지만 허공으로 치켜세우고 있었다.

　　세상을 버텨낸 햇수만으로도 이미 범상치 않지만, 이 은행나무가 발걸음을 붙잡는 건 고금을 통틀어 듣도 보도 못했던 나무 세계의 트랜스젠더이기 때문. 나무가 성 정체성을 자각했을 리는 만무하고, 설화의 이면에는 이 땅에 만연했던 착취와 억압의 역사가 스미어 있음이다.

　　불교를 탄압했던 조선시대, 한때 왕실의 원찰이던 전등사라고 해서 벼슬아치와 토호들의 토색질에서 비껴갈 수는 없었다. 젊은 스님들은 성을 쌓는 데 동원되고 나이든 스님들은 종이를 만들어 바쳐야 했던 것이다.

　　하지만 무엇보다 스님들을 괴롭혔던 것은 한 해에 열 가마 이상은 열리지 않는 은행을 스무 가마나 공물로 바치라는 요구였다. 견디다 못한 전등사의 스님들은 도력이 높은 추송스님을 인근 백련사에서 모셔와 사흘 동안 기도를 올렸다는데, 그 이후로 꽃은 피어도 은행은 열리지 않는다. 감자 꽃처럼 헛꽃만 피우며 하 많은 세월을 건너온 셈이다.

이런 결계는 전등사의 또 다른 전설에서도 볼 수 있다. 바로 대웅보전 처마를 떠받치고 있는 나부상裸婦像. 대웅보전 건축을 맡은 도편수와 사하촌寺下村 주모의 사랑과 배신에 얽힌 설화다. 말하자면 사랑의 쓴맛을 보게 된 도편수가 배신한 연인을 응징하기 위해 홀딱 벗은 몸으로 영원히 무거운 지붕을 떠받들도록 조각해 넣었다는 것이다.

순간의 이익을 탐한 벌로는 조금 심하다 싶지만 어찌되었든 부끄럼도 잊은 듯 알몸을 다 드러낸 채로, 업보의 무게를 감당하며 벌을 서고 있는 나부상의 멀뚱한 표정을 보고 있노라면, 일희일비하면서 삶의 무게에 허덕이는 나 역시 다를 바 없다는 생각에 그만 헛웃음이 지어진다. 은행나무 곁에 만들어 놓은 윤장대를 서너 바퀴쯤 돌리고 나면 그런 업장 또한 스러지게 될까….

終日無忙事 종일무망사
焚香過一生 분향과일생
山河天眼裏 산하천안리
聽祖明聞性 청조명문성
看花悟色空 간화오색공

온종일 한가로이
향 사르며 일생 보내리라.
산하는 천안 속에 있으니
새 소리 듣고 자성自性 자리 밝히고
꽃을 보고 색과 공을 깨치네.

– 누각

懸泉百丈餘 현천백장여
薄雲巖際痕 박운암제흔
孤月浪中飜 고월랑중번
袖中有東海 수중유동해
嶺上多白雲 영상다백운
靑山塵外相 청산진외상

백 길 폭포 자락
엷은 구름은 바위 사이로 피어나고
외로운 달은 파도에 일렁인다.
옷소매 자락에 동쪽 바다가 있고
영마루에 흰 구름도 가득하여라.
푸른 산은 티끌 밖의 세상

– 누각

꿈을 꾼다. 정신없는 일상에서 벗어나 원 없이 게으름을 피워보는 날을.
하지만 꿈에 그칠 뿐이었다. 무엇이 나를 그토록 분주히 오락가락하도록 했던
가.

내 몸을, 내 영혼을 꿰고 지나간 10년의 세월을 생각해본다. 그토록 중요
해보였던, 소중해보였던 많은 일들이 먼지처럼 부스러져 흔적 없다. 아직 나
를 기다리고 있을 것 같은 세상속의 어떤 성공을 꿈꾸면서, 그저 이리 뛰고 저
리 뛰던 시간들만이 화석이 되어 굳어 있을 뿐.

세계가 그대로 법신이고, 이름 모를 새소리와 들꽃들이 진리의 삶을 일러

주건만 청맹과니 노릇으로 허상만 좇고 있었는지도 모를 일이겠다.

앞서 가던 어린아이가 뛴다. 아이의 부모가 차마 넘어질 새라 소리를 질러 말린다. 아이는 어느새 누각 돌계단을 토끼처럼 폴짝폴짝 뛰어오른다.

전등사는 일주문이 없어 대조루가 그 역할을 대신하는 느낌인데, 누각 아래를 통과하면 대웅보전 앞마당. 이미 잎을 털어낸 늙은 느티나무 한 그루가 한쪽에 서 있고, 대웅보전의 처마는 막 날아오르려는 학의 날개처럼 가볍다.

어느새 마당을 가로지른 아이, 부처님과 눈을 맞춘다.

아이가 부처다.

대웅보전은 보물 제178호. 1621년(광해군 13)에 지은 정면 3칸, 측면 2칸의 목조 건물이다. 정면 3칸은 기둥과 기둥 사이를 같은 길이로 나누어 달린 빗살문엔 빛바랜 햇살이 묻어 있고, 거친 풍파를 묵묵히 견뎌온 노인처럼 거친 살결을 가진 굵은 기둥은 여전히 굳세 보인다. 모퉁이 기둥이 다른 기둥보다 조금 높아서 처마 끝이 들려 날렵해 보이는데, 병인양요 전투가 벌어졌을 때 병사들이 부처님께 무운을 빌면서 남겼다는 이름자의 흔적이 기둥과 벽면에 지금도 남아 있다.

힘이 넘치는 예서체로 쓰인 주련은 《화엄경》이다.

佛身普遍十方中 불신보편시방중
月印天江一切同 월인천강일체동
四知圓明諸聖士 사지원명제성사
賁臨法會利群生 분림법회이군생

부처님은 온 세상에 계시니
천 개의 강에 달그림자 비치는 것과 꼭 같도다.
사지四知에 능통하게 밝으신 모든 성스러운 분들
큰 법회에 오셔서 많은 중생 이롭게 하네.

- 대웅보전

대웅보전을 한 바퀴 돌아 약사전을 거쳐 비탈길을 오른다. 파도를 넘고 개펄을 건너 바람이 불어온다. 사연 많은 섬이요 사연 많은 절집에서의 한때가 그렇게 스쳐간다.

관념으로만 생각하자면, 무거래 역무주無去無來亦無住. 오고 감은 물론이고 머무름 또한 없으련만 하찮은 걱정거리에서조차 안절부절 하여 마음을 볶고 만다.

一念普觀無量劫 일념보관무량겁

無去無來亦無住 무거무래역무주

如是了知三世事 여시료지삼세사

超諸方便成十力 초제방편성십력

한 생각에 한 없이 긴 세월도 널리 관하니
오고 감은 물론이고 머무름 또한 없도다.
이와 같이 삼세의 일 모두를 안다면
모든 방편 뛰어넘어 심력 갖춘 부처님 이루리.

- 약사전

有物先天地 유물선천지

無形本寂寥 무형본적요

不逐四時조 불축사시조

能爲萬像主 능위만상주

천지창조보다 앞서 한 물건 있었도다.

본디 형태도 없고 적요하여

사철 변화에 따라 시들지도 않으나

능히 모든 물건의 으뜸이 되고도 남음이 있도다.

– 극락전

서운산 청룡사

고려 원종 6년(1265) 서운산 기슭에 명본국사가 창건하여
대장암大藏庵이라 하였으나 공민왕 13년(1364) 나옹화상이
크게 중창하면서 청룡사로 고쳐 불리게 되었다.
청룡사는 1900년대부터 등장한 남사당패의 근거지로서 남사당은
청룡사에서 겨울을 지낸 뒤 봄부터 가을까지 이 절에서 준 신표를 들고
안성장터를 비롯해 전국을 돌아다니면서 연희를 팔며 생활했다.
보물 824호로 지정된 대웅전은 다포계의 팔작집으로
고려시대 건축의 원형을 보여 주는 귀중한 자료이며,
명본국사가 세웠다는 삼층석탑과 조선 현종 15년(1674)에 만들어진
5톤짜리 청동종이 법당에 보존되어 있다.

첫사랑의 떨림으로

첫사랑 같은 곳이 있다. 우연히 만났으되 오래도록 잊히지 않는 곳, 무의식 깊숙이 가라앉았다가 불쑥 불쑥 그리움처럼 살아오는 곳…. 안성 청룡사는 내게 그런 곳이었다.

산속 깊이 들어 앉아 홀로 고고한 가람이기보다 세상에 섞여 우리네 팍팍한 삶을 위로하는 곳이요, 피를 토하며 스물 셋의 나이에 동백꽃처럼 스러졌던 한 남사당 여인의 한恨과 영예와 꿈이 서려 있기도 한 그 절집….

청룡사는 인간으로 취급받지 못하던 남사당이 등을 기댈 수 있었던 유일한 언덕이었고, 이 동네 저 동네 전전하며 꼭두각시 광대놀음으로 웃음을 팔면서 외줄에 목숨 걸고, 신명풀이 한 마당에 온 몸을 불사르던 예인들의 고단한 삶을 보듬어 낮은 곳으로 임했던 부처의 품이었던 게다.

안성 청룡 바우덕이 소고만 들어도 돈 나온다.
안성 청룡 바우덕이 치마만 들어도 돈 나온다.
안성 청룡 바우덕이 줄 위에 오르니 돈 쏟아진다.
안성 청룡 바우덕이 바람결에 잘도 떠나간다.

지금이야 연예인들이 선망의 대상이지만, 예인들이 비루한 삶을 살아야 했던 시대가 있었다. 신분이 사람의 목을 옭아매던 그 시절, 광대의 신분으로 별이 된 여인이 있었다.

바우덕이. 타고난 끼와 재능으로 불과 열다섯 나이에 남사당 우두머리인 꼭두쇠의 자리에 올랐고, 대원군으로부터 정삼품에 해당하는 옥관자까지 하사받는 영광을 누리기도 했던 여인. 뛰어난 미색과 천부의 재주로 불의의 세상을 희롱하던 여인. 그리하여 불과 스물셋의 나이에 남루한 세상의 육신을 벗고 평등의 땅으로 건너 뛴 여인….

그녀의 예술혼은 이제 축제마당으로 되살아나 매년 성황을 이루고 있지만, 바우덕이 아니더라도 청룡사 작은 절집 주변을 떠도는 상처투성이 영혼들은 또 얼마나 많을 것인가. 황석영의 《장길산》에 등장하는 길산과 묘옥처럼 기예를 팔고 웃음을 팔아 목숨 줄을 잇고, 모진 생을 이어가야 했던 미천한 삶들…. 청룡사는 그런 천대받는 예인들의 든든한 후원자 노릇으로 보살행을 실천한 관음의 손이었다.

지친 민초들의 쉼터, 청룡사. 불당골 마을을 지나 일주문 앞 돌계단 몇 개만 올라서면 바로 부처님 품 안이다. 한 눈에 전경이 들어올 만큼 소박하고 아담하다. 마치 동네의 일부인 것처럼 정겹고 편안하다.

처마 끝 고드름에 한 조각 햇살 환하게 부서지는 겨울, 대웅전은 모퉁이마다 지팡이를 짚고 있었다. 고려 공민왕 시절인 1364년에 나옹화상이 중창하였고, 조선말에 다시 지어져 이백여 번의 생일을 더 보낸 셈이니 고단한 세월을 건너오며 지칠 만도 하였겠다. 굽으면 굽은 대로 껍질만 벗겨 세운 아름드리 기둥에도 터지고 갈라진 상처들이 점점 늘어간다. 세월은 상처를 치유하는가, 아니면 보태어 가는가.

古佛未生前 고불미생전
凝然一圓相 응연일원상
釋迦猶未會 석가유미회
迦葉豈能傳 가섭기능전

옛 부처님 나기 전에
의젓한 일원상
석가도 알지 못한다 했는데
어찌 가섭이 전하리.

– 대웅전

　일원상一圓相···. '마음'이라 '성품性'이라 '진리'라 혹은 '도'라 하며 억지로 이름을 붙이지만 어떤 이름으로도 맺지 않으며, 무슨 방법으로도 그 참모습을 바로 그려 말할 수 없는 것···. 무한한 공간에 가득차서 빠진 곳이 없기에 안과 밖이 없으며 유무有無가 없는 것···. 무궁한 시간에 사뭇 뻗쳐 고금에 통하여 시작과 마침, 크고 작음, 많고 적음, 높고 낮음이 없는 것···. 시비할 수도 없으며, 거짓이라 참이라고 할 수도 없으며, 망령되다 거룩하다고 할 수도 없는 것···. 온갖 차별을 붙일 길이 없으므로 어쩔 수 없이 한 동그라미로써 나타낸 것.

　탐·진·치 삼독三毒에 빠진 중생으로서 문자를 걸러 짐작해본들 그물에 걸리지 않는 바람이 되기는 어렵다. 하지만 어쩌랴. 수없이 문질러 닦으면 녹슨 구리거울도 맑아지는 것처럼, 한 번 두 번··· 천 번을 거듭하다보면, 어느 순간 문득 피안의 문으로 들어서는 날도 오지 않을까?

　손바닥으로 벌레에 파 먹힌 기둥을 쓸어본다. 아득한 세월이 거기 있다. 맑고 투명한 햇살이 낡은 창살, 시간의 더께 위로 쏟아진다. 내려다뵈는 요사

의 툇마루에 해바라기 하는 메주들이 주렁주렁하다. 진리는 관념에 있는 것이
아님을, 우리네 삶속에 녹아 있는 것임을 일러주려는 듯….

不學白雲巖下客 불학백운암하객
一條寒衲是生涯 일조한납시생애
幾作三道昏虛月 기작삼도혼허월
明月淸風是我家 명월청풍시아가

흰 구름도 알 수 없는 바위 밑 나그네
언제나 남루한 옷 한 벌
어찌 삼도를 닦는다고 세월을 죽이리.
밝은 달 맑은 바람, 이것이 내가 사는 집이거늘.

– 요사, 한산스님

三界橫眠閑無事 삼계횡면한무사
閻王殿上往還來 염왕전상왕환래
手中金錫彈聲震 수중금석탄성진
八萬四千地獄開 팔만사천지옥개

삼계에 드러누워 일없이 한가해도
염라 궁에는 수없이 왕래하네.
손에 든 금 석장소리 진동하면
팔만 사천 지옥문 모두 열리네.

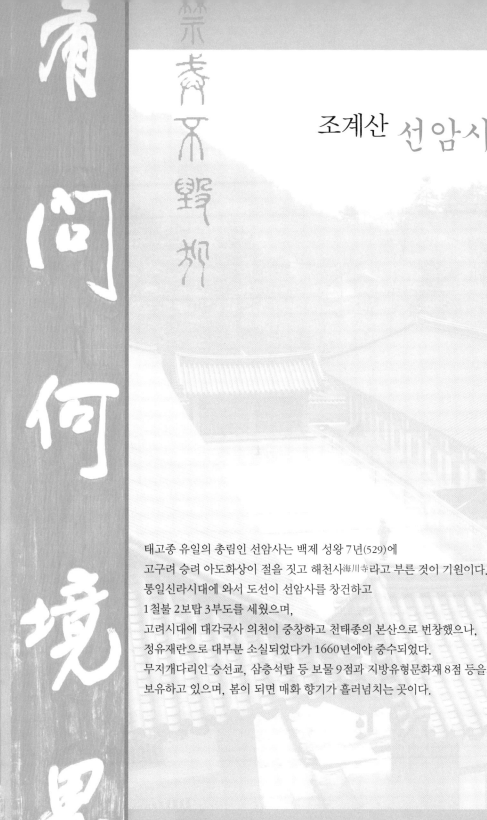

조계산 선암사

태고종 유일의 총림인 선암사는 백제 성왕 7년(529)에
고구려 승려 아도화상이 절을 짓고 해천사海川寺라고 부른 것이 기원이다.
통일신라시대에 와서 도선이 선암사를 창건하고
1철불 2보탑 3부도를 세웠으며,
고려시대에 대각국사 의천이 중창하고 천태종의 본산으로 번창했으나,
정유재란으로 대부분 소실되었다가 1660년에야 중수되었다.
무지개다리인 승선교, 삼층석탑 등 보물 9점과 지방유형문화재 8점 등을
보유하고 있으며, 봄이 되면 매화 향기가 흘러넘치는 곳이다.

뒷간에 앉아 매화에 취하다

'ㅅ 간뒤' 고정관념에 매여 읽으니, '깐뒤'다. '오줌 누고 똥 누는 곳'의 문패가 '깐뒤.' 아하, 바지를 깐 뒤에 볼일을 보라는 뜻인가 하여 실없이 웃지만, 실상은 '뒷간'을 한자 흐름대로 적어놓은 것이다. 글씨에 뛰어났던 경봉스님의 작품으로 알려진 '해우소'야 절집에 가면 자주 만날 수 있는 별칭이겠으나, '뒷간'이라니…. 의미도 제대로 잡히지 않는 '화장실'이란 한자말이나, 'TOILET'이나 'RESTROOM' 따위의 영어에 밀려난 우리말을 선암사의 고색창연(?)한 보물급 건물에서 발견할 때의 느낌은 낯설면서도 정겹다.

그래서였을까. 시인 정호승은 노래했었다.

'눈물이 나면 기차를 타고 선암사 해우소에 가서 실컷 울라고, 해우소에 쭈그리고 앉아 울고 있으면 죽은 소나무 뿌리가 기어 다니고, 목어가 푸른 하늘을 기어 다닌다'고.

무엇이 그로 하여금 바람이 사방으로 들고나는 선암사 뒷간에 쭈그리고 앉아 눈물 마르게 울게 했을까. 시인으로 살아가기에 세상은 너무도 가혹한 곳이어서 장딴지가 저리도록 그는 꺼이꺼이 울었던 것일까? 하여 마르도록 비워낸 울음으로 모든 슬픔과 번뇌를 6미터 아래 똥 무더기로 풀어버렸을까?

뒷간 문전을 서성이며, 또한 그의 서정을 느껴보고 싶었다. 하지만 어이하랴. 큰 볼일은 제쳐두고 오줌보조차 채워놓지 못한 것을. 눈물조차 잃어버린 것을.

무겁게 가라앉았던 하늘이 대신 울어준다. 사진기를 가슴에 품고는 처마 아래 머문다. 어디선가 꽃내음이 훅 끼친다. 매화. 선암사엔 600살이 넘은 녀석도 있다고 했던가. 은행나무나 느티나무 같은 것들에서는 결코 드물지 않은 수령이지만, 매화가 그리도 오래 견디는 나무인지 겨우 알았다. 곧고 맑은 성품에 빗대 선비의 고고한 지조와 절개를 함의하는 꽃. 빙기옥골氷肌玉骨의 미인과 같은, 효봉스님이 제자의 오도를 기뻐하며 전법게傳法偈를 내리면서 빌려 쓴 깨달음의 상징이기도 한 꽃….

한 그루 매화나무를 심었더니
옛 바람에 꽃이 피었구나.
그대 열매를 보았으리니
내게 그 종자를 가져오너라.

보슬비다. 뒷간을 떠난다. 돌담과 돌담으로 길어진 고샅길, 오래 묵어 소박한 시골마을의 느낌이다. 돌담 너머 전각들은 벚나무, 매화나무, 소나무 뒤에 낮게 숨었으되, 발꿈치를 들어 들여다보면 깊디깊은 적요寂寥요, 분별이 흩어진 무심의 자리. 번뇌와 망상이 잘려나간 곳에 무우전無憂殿은 앉았고, 담벼락에 기대선 늙은 매화나무들은 아직 잠에서 깨어나지 않았다. 젊은 매화들은 이미 한창 꽃을 피워 구름 같은데, 늙음도 서러워라 꽃조차 늦다.

나무든 짐승이든 사람이든, 무엇이 있어 세월을 비켜갈 수 있으랴. 공연히 심란하여 걸음을 옮기다 보니, 대웅전 뒤편 늙은 매화나무 한 그루 부슬비 속에서 의연하다. 무우전의 홍매들은 여전히 꿈속인데, 이 물건은 제법 꽃송이를 매달고 있다.

렌즈를 겨누고 한 귀퉁이를 잘라낸다. 네모로 떨어져 나온 세상, 대웅전 지붕을 배경으로 매화 몇 송이가 흔들린다. 분홍빛깔 꽃잎, 물방울이 맑게 매달렸다. 더 많은 꽃송이들을 품고 있는 작은 물방울…. 아하, 맑아지면 세상이 그대로 담겨지는가. 부처가 들어와 앉는가. 봄볕 따사로운 날씨도 좋지만, 이렇듯 부슬비 내리는 날씨 또한 은혜가 된다.

빗줄기가 다시금 굵어진다. 대웅전 처마 아래로 몸을 피한다. 양쪽으로 벌려선 탑, 만세루 지붕너머로 하늘이 검게 내려앉는다. 보물이라는 탑이 양쪽으로 벌리고 서서 당당하고, 만세루 기둥에 걸린 주련의 글씨가 선연하다. 아직은 꽤 쓸 만한 시력이다 싶지만 글쎄, 주련의 글자 이전에 있는 의미를 읽어내는 것이 어디 육신의 이 눈일 것인가.

巍巍堂堂萬法王 외외당당만법왕
三十二相百千光 삼십이상백천광
莫謂慈容難得見 막위자용난득견
不離祈園大道場 불리기원대도량

높고 높아 당당하신 부처님
삼십이 상 백천광명 눈이 부시네.
자비로운 그 모습 뵙기 어렵지 않아

언제나 우리 사는 곳에 함께 계시네.

– 만세루

그러하다. 부처는 언제나 우리와 함께 한다. 높고 높지 않아도, 눈부신 빛을 뿜어내지 않아도 우리의 본성, 자성이 본래 부처라 하지 않던가. 산천초목 세상 모든 것이 부처의 현성이라 하지 않던가.

눈으로 글자를 읽고 생각으로 이해하려는 순간 부처는 달아나는 것. 임제 선사는 "심법心法은 모양이 없어서 시방세계를 관통하여 눈앞에 드러나 작용한다. 그런데도 사람들은 믿음이 부족하여 이름과 말로써 알아차리고 문자 가운데에서 구하며 뜻으로 불법佛法을 헤아리니 하늘과 땅 만큼이나 어긋나는 것이다."라고 하였으니, 어쩌면 절집 주련을 찾아 읽는 일이야 말로 마음공부에서 멀어지는 길일 지도 모를 일이다. 하지만 도가 문자와 말 이전에 있어, 문자를 짚어 공부하는 것이 비록 허상을 짓는 일이라 하여도, 여행을 떠나기 전에 지도를 보면서 그 길을 짐작하고 계획을 세우는 것처럼 이 또한 하나의 방편이 아닐 것인가.

비가 그친다. 가는 길 평안하도록 해주는 부처님의 가피인가?

절집에서 내려가는 흙길이 검은 빛으로 반짝인다. 승선교 아래로는 말굽소리 요란하다. 사진으로 수없이 보아왔던 다리. 어쩌면 하나처럼 같은 화각으로 찍었을까 생각하곤 했던 유명한 무지개다리가 거기 있다. 올 때는 마음만 바빠 스쳐 지났는데, 갈 때는 아쉬움이 남아 계곡으로 내려선다. 이끼 푸른 바위를 타고 넘는 물소리 십방을 채운다.

소동파는 시냇물 소리 그대로가 부처님의 진실한 설법이라 게송을 읊었건만, 우매한 이 마음은 그만 사진 몇 컷으로 산길을 벗어나고 마니, 이 또한 범부의 한계다.

聞鐘聲煩惱斷 문종성번뇌단
智慧長菩提生 지혜장보리생
離地獄出三界 이지옥출삼계
願成佛度衆生 원성불도중생

이 종소리 들으시고 번뇌 망상을 끊으소서.
불생불멸의 진리를 깨닫게 할 지혜를 가지도록 하소서.
지옥의 고통에서 벗어나고 삼계를 뛰쳐나와
성불하시고 중생을 제도하옵소서.

– 범종루

연암산 천장암

백제 무왕 34년(633) 담화스님이 창건한 작은 암자지만
경허 대선사가 이곳에서 수도했고
제자인 만공스님이 이곳에서 출가하였다.
선종을 중흥한 대선사들이 수행하던 곳이어서
지금도 많은 수도승들이 찾는다.
인법당에는 관세음보살이 모셔져 있으며
경허와 만공스님의 진영이 봉안되어 있다.
오른쪽 능선에 있는 제비바위는 경허스님이 즐겨 좌선을 했다는 곳이다.

콧구멍 없는 소를 끌고

　　　　　찰칵! 셔터가 끊기고, 세상 한 귀퉁이가 잘린다. 베어진 공간과 시간, 노랑 일색의 가을이 박제되어 떠있다. 천장암 가는 길의 데자뷰, 기억 속의 화면들…. 내가 나고 자랐던 풍광도 이러했었다.

　　경허스님이 스무 해 남짓 머물러 살았던 곳이요, 스님 문하의 세 달이라 불리는 수월, 만공, 혜월이 출가했던 연암산 천장암天臧庵. 한국 불교의 대표적인 선지식 요람으로 유명한 곳이지만 찾아가는 길은 만만치 않다. 웬만한 곳은 모두 일러주는 네비게이션도 암자의 위치를 찾는 일에서만큼은 장님 벽 더듬듯 하고, 길에서 만난 아저씨들도 고개를 갸웃거리기 십상인 것이다.

　　어느 친절한 아주머니의 손끝을 따라가는 동안 길은 오리무중, 어느덧 뱃가죽도 등에 붙었다. 하지만 여행이 무엇이랴, 더욱이 진리를 탐색하는 마음 여행이라면…. 닫힌 마음에 숨구멍을 틔우는 길, 목마름을 적셔주는 한 모금 감로수 같은 길이 아니겠는가.

　　비록 자주 차를 세워 길을 물어야 했지만, 천장암 가는 길은 마음으로 닿는다. 길은 이제 가까워졌고, 내가 놓인 곳을 알고 보면 헤매야 할 일도 아니었다. 드디어 나타난 작은 표식, 그리고 오르막길. 좁은 길을 따라가며 어린 소나무들이 총총 늘어섰다. 어느 촌로의 실수로 불타버린 나무들 대신 심겨진 어린 소나무들이다.

문득 생사의 순환 고리가 이와 같지 않은가 하는 생각이 든다. 내가 죽은 자리에 또 다른 삶이 이어가는 것. 언젠가는 저 어린 소나무들도 늠름하게 자라나 연암산 기슭을 사철 푸르게 감싸주리니….

켜켜이 싸인 산굽이를 돌아 길의 끝에 다다랐어도 암자는 보이지 않는다. '하늘을 감춘 암자'라는 이름만큼이나 깊이 숨었다. 작은 공터에 차를 세우고 능선을 바라본다. 비탈에 선 나무들과 허공뿐. 왼쪽 돌계단 오르막을 포기하고, 콘크리트로 포장된 좁은 길을 따른다. 경사가 급하다. 암자는 여전히 숨어 있다. 숨이 턱까지 차오른다. 훈련되지 않은 허벅지가 뻐근하다. 암자는 어디에 숨어 있는가.

허덕허덕 오르기를 5분여, 경사가 꺾이고 평지가 드러난다. 유유한 자태로 서 있는 소나무들, 그리고 그 소나무들을 휘감으며 쏟아지는 바람 너머로 조촐한 절집이 있다. 요사를 겸한 법당과 선원. 암자는 그렇게 묵묵히 숨 가쁜 중생을 맞아준다.

"이곳은 참선 수도하는 도량, 아니 온 듯 다녀가소서."

속인도 없고 스님도 뵈지 않는다. 여느 절집답지 않게 인적이 끊겼다. 산 그림자 속에서 흐드러진 연시만 붉다. 나무에 붙어 있는 팻말처럼 공부하기엔 그만이겠다는 생각이 문득 든다.

넓지 않은 마당에는 늦가을 바람이 지나가고 낙엽이 구른다. 경내에 들어섰어도 여전히 적요하다. 시선 한 번으로 경내의 모든 것이 닿는다. 서기 633년(백제 무왕 34) 담화曇和가 창건했다는 절집. 뜰 앞 석탑으로 시선이 끌린다. 천년이 넘도록 이 자리에 버티고 선 것이 있다면 아마도 그 석탑이 유일하지 않을까? 오래된 이력만은 가히 짐작이 가지만 내력을 속속들이 캐어본들 무엇하랴 싶다. 그저 사철, 햇볕과 바람 속에서 그렇게 한 세월 묵언수행하고 있을 터이니 말이다.

일별하고 속세의 시골집 같은 법당에 올라 가만히 손을 모은다. 관음보살이 경허와 만공의 진영과 함께 가만히 맞아준다. 일렁이는 촛불 그림자 속에서, 시끄러운 마음을 지고 온 중생을 향해 가만 미소를 지어 보이는 관음.

'그대는 어디를 헤매다가 이제야 왔는가.'

법당 마루에 앉아 저물어가는 산중의 가을을 바라본다. 또 한 차례 바람이 쓸듯 지나간다. 겨우 매달려 있던 마른 잎이 한 세상의 인연을 접으며 사선을 긋는다.

법당 양쪽에는 작은 방들이 하나씩 있다. 오른쪽 한 평 남짓한 방은 바로 경허스님이 수행하던 공간. 이 작은 골방에서 스님은 1년이 넘게 장좌불와 했으니, 한 벌 누더기 옷으로 온갖 물것들이 달려들어 몸이 헐어도 결코 자세를 잃지 않았다 한다. 구렁이가 방에 들어와 몸을 타넘었어도 동요함이 없었고…. 그렇게 수행에 정진하던 끝에 아침햇살이 문틈으로 들어오는 모습을 보고는 환희에 차서 덩실덩실 춤을 추며 오도송을 읊었다는 게다.

홀연히 고삐 꿸 콧구멍이 없다는 말 듣고
문득 깨달으니 삼천대천세계가 내 집이네
6월 연암산 아랫길에
야인이 일없이 태평가를 부르네.

스님은 속인의 안목에서 보자면 파계요, 괴이하게 여길 일화를 많이 남긴 분으로 유명하다. 문둥병에 걸린 여자와 몇 달을 함께 지내다가, 여인을 희롱하였다 하여 몰매를 맞기도 하였다. 낡은 윤리의 틀로서는 이해할 수 없는 행적들인 게다.

한 번은 이런 일도 있었다.

천장암에 모시고 있던 늙은 어머님이 생신을 맞은 날, 스님은 어머니를 위해 특별 법회를 열었다. 많은 불자들이 법문을 듣기 위해 모여든 가운데, 법상에 앉아 있던 스님이 벌떡 일어나 주장자를 한 번 힘껏 내리쳤다. 그리고 스님의 입에서 어떤 말이 나올 지 숨죽이며 지켜보고 있는 불자들을 앞에서 옷고름을 풀고 알몸을 드러냈다. 여기저기서 놀란 소리가 들렸고, 아낙들이 자리를 박차 밖으로 나갔을 것임은 자명한 이치. 놀란 것은 경허의 어머니도 마찬가지였다고 한다.

"경허가 실성을 했구나! 세상에 이런 망측한 짓을 내 앞에서 하다니!"

스님은 벗었던 옷을 다시 주어 입은 뒤, 주장자를 세 번 내리치고는 이렇게 말했다.

"…나는 어머니의 품에 안겨 어머니의 젖을 손으로 만지고 입으로 빨면서 자랐고, 어머니는 나를 벌거벗겨 씻기며 귀엽다고 만지고 예쁘다고 주무르셨소. 이제 세월이 흘러 어머니는 늙고 나는 장성했으되 어머니와 자식 사이는 변함이 없음에도 어머니는 오늘 벌거벗은 내 몸을 보시고 망측하다 해괴하다 질겁하셨소. 내 몸을 벌거벗겨 씻고 만지던 어머니의 옛 마음은 어디로 가고 '망측하다, 해괴하다' 하고 변해버렸으니, 바로 이것이 간사스러운 사람의 마음이요. 부모 자식 간에도 이러할 진데 하물며 남남인 부부 사이며 친구 사이며 이웃 사이는 일러 무엇하리요. 마음이 변하기 전에는 입안의 것도 나누어 먹다가 마음 하나 변하면 원수가 되니, 마음! 마음! 마음! 이 마음을 닦지 아니하고 이 마음을 다스리지 아니하면 대중들은 독사가 되고, 늑대가 되고, 마귀가 될 것이오!"

스님의 법문을 가만히 되새겨보니, 하릴없이 속세의 법에 걸려 있는 어리석은 중생임을 스스로 알겠다. 허나 내 비록 골방에서 장좌불와 하여 깨우칠 의지력도 없고 그릇도 되지 못하지만, 세상에 섞여 비비고 깨지다보면 어느 날엔가는 뾰족한 모서리도 무뎌지고 둥글게 다듬어질 때도 오지 않을까.

옛사람을 생각하며 허공을 가르는 단풍잎을 망연히 바라본다.

阿彌陀佛在何方 아미타불재하방
念到念窮無念處 염도염궁무념처
六門常放紫金光 육문상방자금광

아미타불은 어디에 계실까
생각을 이어가다 생각조차 끊어진 곳에 이르면
내 몸의 육근에서 찬란한 금빛이 흘러나오네.

– 인법당

白玉明毫發兩眉 백옥명호발량미
紫檀金色不雙臉 다단금색불쌍검
照嶢朦朧五彩明 조요몽롱오채명
當空宛轉千花秀 당공완전천화수
一音淸震三千界 일음청진삼천계

七辯宣淡八諦門 칠변선담팔체문

백호광명이 미간에서 나오고
자색 탁자 금색은 변함이 벗네.
영롱히 오색 빛 찬란하여
탁자 위에 천 가지 꽃 드리워
한 소리 맑게 삼천세계를 울리고
일곱 번 물어오매 여덟 번 진리를 설하네.

- 인법당

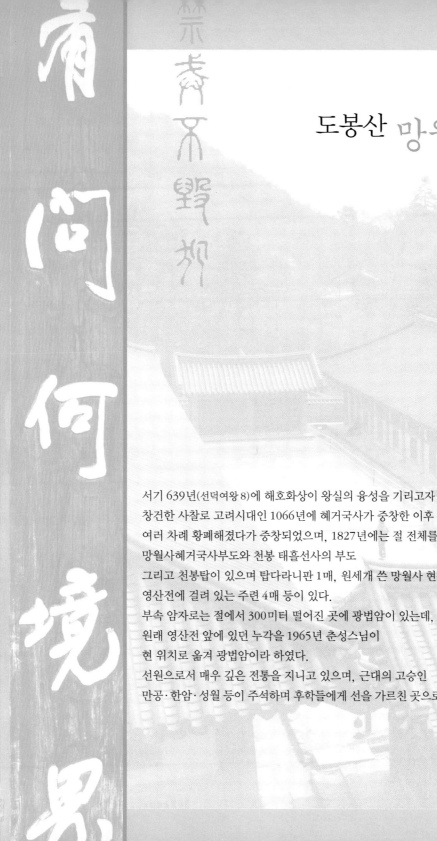

도봉산 망월사

서기 639년(선덕여왕 8)에 해호화상이 왕실의 융성을 기리고자
창건한 사찰로 고려시대인 1066년에 혜거국사가 중창한 이후
여러 차례 황폐해졌다가 중창되었으며, 1827년에는 절 전체를 중수했다.
망월사혜거국사부도와 천봉 태흘선사의 부도
그리고 천봉탑이 있으며 탑다라니판 1매, 원세개 쓴 망월사 현판,
영산전에 걸려 있는 주련 4매 등이 있다.
부속 암자로는 절에서 300미터 떨어진 곳에 광법암이 있는데,
원래 영산전 앞에 있던 누각을 1965년 춘성스님이
현 위치로 옮겨 광법암이라 하였다.
선원으로서 매우 깊은 전통을 지니고 있으며, 근대의 고승인
만공·한암·성월 등이 주석하며 후학들에게 선을 가르친 곳으로 유명하다.

도봉산정에 달은 뜨고

　　1.6킬로미터. 숫자로 표시된 두 점 사이를 두고 멀다 가깝다 분별하는 인식은 어디서 비롯되는가. 거울에서 온다. 마음이라는 거울. 하나의 달이 천 개의 강에 비추듯 천 개의 마음은 천 개의 인식을 만드는 법이다.

　　망월사 1.6킬로미터. 더 이상 자동차로 갈 수 없는 곳에서, 표지판은 1.6킬로미터라는 모호한 거리 저 너머에 망월사라는 피안의 세계가 있음을 일러준다. 1.6킬로미터! 아마도 그 정도 거리면 생각보다 가깝다는 생각을 했던 듯싶고, 산책을 나서는 기분으로 걸음을 놓았을 게다.

　　바위를 타고 흐르던 계류는 바위와 한 몸으로 얼어 굳고, 길은 아름다웠다. 산봉우리 너머로 기우는 햇빛에 길이 하얗게 반짝였다. 마주친 등산객들 중 몇몇이 고개를 갸웃했던 것은 늦은 시간에 사진기 하나 달랑 메고 겨울 산을 오르는 자를 염려한 것이겠으나, 여전히 길은 아름다웠다. 어쩌면 오랜만에 대자연의 품에 안기는 자의 호사스러운 기분도 느꼈을 것이다.

　　하지만 나는 발을 구두를 끼우는 용도로만 사용했던 도시 놈이었다. 그리고 이 도시 놈의 '외투를 벗기는 법'에 관한 백과사전엔 '미인'과 더불어 '망월사 가는 길'도 덧붙이게 될 터였다. 가파른 산등성이를 서너 차례 오르고 났을 무렵엔 겉옷을 팔뚝이 입게 되었으니 말이다. 더하여 이제, 길은 더 이상 아름답지 않았으니 마음장난이 이와 같았던 게다.

피안은 어느 경계 너머인가. 남아 있는 길이 아득하고 보니 희망이란 달콤한 마약도 쓸 수가 없다. 새삼 니코틴을 탐닉하고 무시로 소주잔을 기울이던 그간의 방탕함을 중얼중얼 반성해보지만 이미 엎질러진 물, 내 몫의 길은 나 스스로 마칠 수밖에 없는 것. 와중에도 길은 좀처럼 줄지 않았고, 허파와 심장과 허벅지는 비명을 질러댔던 게다.

턱밑에 송곳을 세우고 얼음을 입에 물며 용맹정진 하던 스님들에 비하면 이쯤은 장난에 불과하다고 사람들은 웃겠지만 서로의 한계가 다르고 보니 겨우 이 정도의 산행만으로도 나의 인내는 가득 채운 소주잔 같았던 게다.

그렇게 일 분당 일 년의 시간이 흘렀다. 그래도 벌어진 입에서 훅훅 끼치던 단내의 농도와 산꼭대기를 치어다보는 횟수가 늘어갔던 만큼 길은 많이 접혀 졌던 것일까. 한 사람이 생을 보내다 갈 정도의 시간이 흘렀을 즈음엔 비탈에 버티고 선 절집이 나타났으니, 망월사! 인내의 열매는 달다고 하더니 피안이 따로 있을 것인가! 길이 끝난 것만으로도 나는 행복했던 것이다.

절집은 상상했던 것보다 많이 컸다. 자운봉을 엎고 비탈과 비탈을 오가며 들어앉은 전각들은 웅장하다는 단어에 오히려 어울렸다. 아마도 산정 높이 올라앉아 세상을 오시하는 단칸 암자를 상상했기에 그런 느낌이 더 강했을 것이다.

망월사는 서기 639년 해호스님이 선덕왕의 명을 받고 창건된 역사를 가지고 있다. '달을 맞이하는 절집' 정도로 이름 뜻을 생각했었지만, 알고 보니 북을 삶아 먹는 것처럼 밍밍한 맛이다. 경주 월성을 바라보며 왕실의 융성을 기원하기 위함이라니까. 어쨌든 신라와 고구려의 접경이었으니 군사적으로도 매우 중요한 역할을 했을 것인데, 그랬던 탓일까? 한국전쟁에 이르기까지 망월사는 무려 열다섯 차례나 병화를 입어 전소되는 비운을 겪는다. 그럼에도 절집은 불사조처럼 살아났고, 근대에 이르러서는 만공, 한암, 용성, 성월과 같은 선지식들이 참선 수행한 가람으로도 명성을 떨치게 된다. 가히 그들을 호흡해보는 것만으로도 의미 있을 것인데, 더하여 빼어나게 아름다운 경관을 바라보는 안복眼福을 누릴 수 있으니 한 시간 고행에 따른 보상으로는 충분하리라.

어느 친절한 스님의 안내를 받아, 속인에게 출입이 금지된 천중선원天中禪院에 걸음을 담는다.

천중선원, 문경 봉암사와 더불어 조계종에서 세운 특별선원으로 지정되었던 곳. 조선 최고의 선승이요, 만해와 더불어 민족대표 33인 중 한 분인 용성스님이 망월사에서 법문을 하면서 처음 세워진 뒤로 학명스님을 조실로 석우, 고봉, 운봉, 설봉, 동산, 경운, 고암, 상월, 춘성 등 기라성 같은 선지식들이 대거 참여하여 선풍을 떨쳤던 곳….

천중선원은 한국전쟁의 와중에 전쟁터로 변하여 파괴됨으로써 참선도량으로의 맥이 끊길 위기를 맞기도 하지만, 춘성스님이 홀로 남아 지킨 덕분으로 망월사는 간화선풍의 맥을 도도히 이어갈 수 있게 된다.

춘성春成 춘성春性. 열 셋의 나이에 만해스님의 유일한 제자로 출가했다. 10년 동안 만해스님을 시봉하며 불교를 공부하더니 《화엄경》을 거꾸로 외울 정도로 경전에 뛰어났다. 50세의 늦은 나이에 만공스님을 만나 크게 발심하였는데, 한겨울에도 불 한 번 지피지 않고 장좌불와 했으며, 항아리에 물을 채워놓고 그 속에 들어앉아 졸음과 싸우며 수행하기도 하였다. …….

춘성스님의 혹독한 수행은 목숨까지도 위험에 빠뜨리곤 하였는데, 깨달음의 경계를 넘기 위한 스님의 독한 결심과 의지 앞에서는 그저 고개를 저을 수

밖에 없다. 살과 뼈로 이루어진 몸은 한 가지건만 그 갈라짐이 하늘과 땅처럼 벌어지게 되는 것은 무엇 때문인가.

스님의 문하에서 수행했던 이의 회고에 따르면 망월사에는 아예 이불이 없었다고 한다. '이불이란 부처와 이별하는 것'이라며 몽땅 끌어내 불태우고, 잘 때는 방석으로 배만 덮고 잠깐 눈을 붙인 뒤 다시 일어나 정진하도록 했다는 것이다. 그럼에도 앉을 자리조차 변변치 않은 망월사 선방에는 40~50명의 선승들이 모여들어 수행 정진했다고 한다. 세 끼 공양조차 제대로 하지 못하고 얻어먹는 것은 춘성스님의 욕뿐이었음에도 그들은 춘성스님을 좋아했고 존경했다. 스님 스스로 자기 방조차 없이 밤 아홉시부터 1시간 정도 누웠을 뿐 그 외엔 눕는 법이 없었다.

하지만 그런 솔선수범보다 사람들을 감복하게 한 것은 철저한 무소유의 정신이었을 것이다. 스님은 돈을 저축해두지 않았고 서랍에 넣어두는 법도 없었다. 돈이 생기면 필요한 사람에게 손에 잡히는 대로 쥐어주고, 없으면 없는 대로 살았다. 승복조차도 겉치장에 불과했던 스님은 양복을 자주 입곤 했는데, 어쩌다 신도들이 해준 새 양복을 입고 시내에 나갔다 돌아올 때면 걸인들에게 벗어주고 속옷 바람이 되어 한 밤이 되어 어두워서야 절로 돌아오는 일도 흔했다고 한다.

> 만월청산에는 나무 한 그루 없구나.
> 절벽에서 한발 나아가야 대장부라
> 여든일곱 해의 생애가 부질없으니
> 붉은 화로에 떨어지는 한 조각 눈과 같구나.
> – 춘성스님 열반송

육두문자와 욕설을 통해 위선의 세계를 부숴버리고 그를 통해 도의 편린을 드러낸 기승, 평생을 옷 한 벌 바리때 하나만으로 살다간 무소유의 실천가, 극락이 마음을 떠나 따로 없다며 종교의 참뜻을 깨우친 선승, 무엇보다도 춘성스님은 끝없는 정진을 거듭한 끝에 깨달음의 경계를 통과한, 대자유인이었다. 최고 권력자의 앞에서조차 가림 없이 직설과 거침없는 육두문자로 중생의 어리석은 분별심을 질타하던 스승이었다.

스님은 한 줌의 사리와 재로 남아 서해 바다에 뿌려졌으나, 어찌 붉은 화로에 떨어지는 한 조각 눈송이에 그치겠는가.

스님이 열반했을 때 몽땅 말라죽었다던 천중선원 뒤쪽의 소나무는 다시 자라 푸른빛인데, 사람의 몸을 벗은 스님은 언제나 돌아오시려는지.

十方同聚會 시방동취회
箇箇學無爲 개개학무위
心空及第歸 심공급제귀
不墮悄然機 불타초연기
有問何境界 유문하경계
笑指白雲飛 소지백운비

사방에서 한 자리에 모여와
각각이 무위법을 배우는데
마음이 공한 자 급제하여 돌아가니
처량한 모습은 결코 아니리.
그것이 어떠한 경계냐고 묻는다면

말없이 흰 구름이 날아가는 것을 가리키네.

– 무위당

사방에서 몰려와 '무위'의 세계를 배우는 곳. 솔바람 속에서 눈을 감아보지만 '말없이 흰 구름이 흘러감을 가리키는 경계'가 어디쯤인지 짐작할 수 없다. 어느 선승은 '토끼 뿔 속에 달이 떴다' 하고, 또 어떤 스님은 '귀신 방귀에 털 난 소식'이라 하고, 또 어떤 스님은 그저 빙그레 웃을 뿐이니 그저 관념으로만 이해할 뿐이다.

'오직 모를 뿐.' 말없이 주장자를 내리치고, 날아가는 흰 구름을 가리키는 선지식의 경계는 말과 문자 너머에 있는 것, 그곳이야 말로 춘성스님이 누리고 갔던 거칠 것 없는 대자유의 세계이리라….

탐·진·치, 삼독에 사로잡힌 이 중생의 마음이야 말할 것도 없겠으나 사오 리의 산길을 걷는 동안 육체가 질러대는 엄살에 끝없이 기울어지던 거울 속의 마음을 끌어내지 못한다면 결코 도달할 수없는 그런 세계….

산그늘이 짙어졌고, 내려오는 길은 잠깐이었다.

有山有水乘龍虎 유산유수승용호
無是無非伴竹松 무시무비반죽송
曾昔靈山蒙授記 증석영산몽수기
而今會坐一堂中 이금회좌일당중

산이 있고 물이 있으니 용과 호랑이를 타고

시비가 없으니 송죽을 벗할 수 있네.
일찍이 영산에서 수기를 받아
지금 한 집안에 모여 앉아 계시네.

– 영산전

운악산 봉선사

경기도 남양주시 운악산에 자리한 대한불교조계종 제25교구 본사.
우리나라 5대 명산 가운데 하나로 꼽히는 운악산 기슭에 자리한 사찰로,
이웃한 곳에 크낙새등 희귀한 새들이 서식하는 광릉수목원과
세조와 정희왕비의 무덤인 광릉이 있다.
고려시대인 969년 법인국사 탄문스님에 의해 창건되어
운악사라 불리다가 1469년 정희왕후에 의해 크게 중창되면서
봉선사라고 이름을 바꾸고 세조의 능침사찰이 되었다.
이로부터 역대 왕실의 지원을 받으면서 발전하였고, 1551년에는
교종수사찰教宗首寺刹로 지정되었다. 전국의 스님들이 모여
교학을 익히는 사찰로서의 전통이 지금까지도 이어져 오고 있으며,
운허스님이 중심이 되어 불경의 한글화를 선도해온 사찰이다.

옛사람의 그림자

몇 년 전, 런던의 영국박물관이란 곳엘 갔었다. 전 세계를 휩쓸다시피 약탈한 유물들을 자랑스레 전시하고 있는, 영국이란 나라의 야누스.

한국관은 구석에 있었다. 시골 간이역 느낌이었다. 이집트, 그리스, 중국은 물론이고 내가 잘 모르는 문명에 대한 전시 또한 다양하고 장엄하고 화려했었다. 그런 판에 구석에 쪼그려 앉은 듯한 한국관에서 민족적 자부심을 느낄 도리는 없었을 터다. 오히려 주눅이 들었을 거였다.

하지만 내가 그나마 문화적 자존감을 회복할 무엇이 있었다고 말한다면 그대는 가을하늘빛을 닮았다는 고려청자의 우아한 색감을 떠올리게 될까. 아니다. 아니었다. 입구에 걸려 있던 남루해 뵈는 한글 액자였다.

한글, 세계 언어학자들로부터 격찬을 받는 문자. 태어나 수백 년 동안 한자의 위세에 눌려 찬밥덩이 취급을 받더니 이제는 세계화를 빌미로 영어에 채이고 있는 문자. 외국어투성이인 거리 풍경과 공휴일을 줄이자며 냉큼 한글날부터 제거한 우리에겐 과분한, 오히려 남들로부터 과학적 완성도와 아름다움을 인정받는 그 문자….

세조의 원찰로 조선시대 교종의 총본산인 봉선사는 한글과 인연이 깊은 절집, 그 인연의 고리에 운허雲虛 법호를 가진 스님이 있다. 운허. 불교의 대중화와 생활화에 큰 걸림돌이 되어왔던 한자경전의 한글화를 일생의 목표를 삼았던, 그래서 부잣집에서 다시 태어나 그 돈으로 팔만대장경을 모두 한글로 펴내겠다는 서원을 가졌던 큰스님. 대장경의 한글화에 필생의 노력을 기울였던 스님의 흔적이 친히 쓰신 '큰법당'이란 대웅전 편액과 한글 주련으로 남아 있음이다.

온 누리 티끌 세어서 알고
큰 바다 물을 모두 마시고,
허공을 재고 바람 얽어도
부처님 공덕 다 말로 못하고.

일찍이 한글 주련을 본 적이 있었던가? 허다한 절집을 오락가락하였음에도 기억나지 않는다.

팔만대장경도 모르는 사람에겐 빨래판이라 했다. 한자에 익숙하지 못한 대중들에게 한문경전 또한 이와 다르지 않을 게다. 무시로 대할 때마다 보고 진리를 구하라 하여 기둥에 붙여놓았을 주련 역시 장식의 가치를 넘어서지 못하는 것은 이 때문이리라.

좀처럼 보기 힘든 한글 편액과 주련을 앞에 두고 생각이야 제각각이겠으나, 의미의 소통은 둘째 치고 한자의 질긴 그물에서 훌쩍 벗어난 것만으로도 감동스럽다. 운허스님이 아니라면 누가 있어 그리 할 수 있었을 것인가.

운허 용하, 한국불교의 대강백大講伯. 육촌 형뻘이 되는 춘원 이광수가 "나

더러 천재라고들 하지만 스님 재주에는 반도 못 미친다"고 실토할 만큼 타고난 재주가 넘쳤던 인물. 독립운동을 하던 와중에 일제 경찰의 추격을 피해 강원도 봉일사로 숨어든 것이 인연이 되어 경송스님을 스승으로 불연佛緣을 지었더랬다. 어쩌면 대장경을 한글로 펴냄으로써 불법을 세상에 두루 미치고자 하는 어떤 원력이 그런 인연을 지었을 지도 모를 일. 운허의 법랍法臘 쉰아홉 해는 오로지 중생의 제도와 팔만대장경의 한글 번역 사업에 바쳐진 것이었으니, 제자 월운이 밤새워 역경작업에 매달리는 스승에게 제발 쉬엄쉬엄 하시라고 애원할 때마다 스님은 이렇게 말했다 한다.

"그리 하면 좋겠다마는 내 나이 어느새 예순일곱, 앞으로 꼬박 밤을 새워 역경을 한다고 해도 과연 몇 권이나 작업을 마칠 수 있을지 그게 걱정이다. 어찌 쉬엄쉬엄 할 수 있겠느냐? 시간은 별로 많이 남아 있지 않고 해야 할 일은 산더미처럼 남았구나…."

또한 스승의 건강이 걱정스러워 제자가 한 푼 두 푼 모아둔 돈으로 보약을 지으려 했을 때는 펄쩍 뛸 듯 반가워하며 나눈 이야기라는 게 이랬다.

"무엇이라고? 내 보약을 지어올 돈이 있다는 말이더냐?"

"예, 용돈 쓰라고 신도들이 가끔씩 주고 간 돈이 조금 있습니다. 그 돈으로 스님 보약을 지어올까 합니다."

"잘 되었다. 그 돈으로 《한글 금강경》 책부터 펴냈으면 좋겠구나."

"예? 그 돈으로 한글 책을 내신다구요?"

"그래. 그 돈으로 약을 지어 먹으면 나 혼자만 약을 먹게 되지만, 그 돈으로 한글 금강경 책을 펴내어 여러 사람들에게 나누어 주면, 그건 부처님 보약을 여러 사람들에게 골고루 나누어 먹이는 일이니, 그렇게 하자꾸나."

한 줄기 바람이 법당 지붕을 타넘으니 뒤뜰의 대나무 몇 그루 춤춘다. 삼각대에 올려놓은 카메라의 셔터속도는 1초. 대나무는 초록빛 덩어리로 뭉그러지고 지나가는 사람 또한 그림자다. 사람의 오고 감이 또한 이러하니 사람이 세상에 끼친 뜻도 무상할 것인가. 숲을 연하여 뒤로 물러나 앉은 조사전의 주련은 '큰법당'과 더불어 한글이지만 나머지 주련들은 역시 한문이다.

　운허스님이 계셨어도 저 주련들이 한문으로 쓰여 달리게 되었을까? 자신을 일컬어 '대종사'라 칭하지 말라던 스님의 유지에도 불구하고, 일주문 옆의 부도에 버젓이 '운허 대종사'라 새긴 후손들의 효심처럼, 벌써 그의 큰 뜻이 퇴색해가고 있는 것은 아닌지 생각해본다.

　　이 절을 처음 지어
　　기울면 바로 잡고
　　불타서 다시 지은
　　고마우신 그 공덕
　　– 조사전

　청풍루를 다시 건너 마당 밖으로 내려서니 꽤 넓은 연지蓮池. 연 잎은 시들어 수면 아래 가라앉고, 십여 마리 오리 떼가 분주히 오간다.

　죽은 나무에 걸터앉아, 말없이 흘러가는 사물들을 망연히 바라본다.

　적요.

　세월은 화살처럼 날아도 바람소리조차 없다. 겨울 햇빛은 이미 시들기 시작했다. 옛 스승의 큰 뜻 또한 그렇게 시들고 말 것인가. 돌아오신다던 스님은 지금쯤 고무신을 내어 신으셨을까?

능가산 내소사

백제 무왕 34년(633) 창건되었으며,
보물 291호로 지정된 대웅전의 창살이 유명하다.
고려 동종(보물 277호), 영산회괘불탱(보물 1268호),
삼층석탑(전북유형문화재 124호) 등의 문화재가 있다.
일주문부터 천왕문에 이르는 전나무 숲길이 널리 알려져 있다.

흰나비가 춤추던 날

'내소사엔 지금 눈이 내린다던데….'

출근길, 사진을 함께 공부하던 도반이 수십 킬로미터 너머에서 말했다.

눈이 온다! '경칩'이라는 오늘, 내소사엔 눈이 온단다. 졸린 눈 비비며 잠에서 깼던 개구리들 화들짝 놀라게 눈이 온단다. 겨우내 한두 번 구경하는 둥마는 둥 했던 눈이 봄 마당 가득 쌓인단다.

길을 잡는다. 갑작스레 일상을 접고 떠나는 길은 언제나 달콤하고, 몰래하는 사랑처럼 조마조마 설렌다.

내소사 눈 쌓인 전나무 숲은 아련한 추억이다. 김용택 시인의 〈내소사 가는 길〉을 굳이 떠올리지 않아도 푸른 꽃밭 같았던 길, 전나무 몸 냄새 뒤섞인 차가운 공기가 도시에 찌든 허파를 말끔히 씻어주던 길…. 그 길을 찾아간다. 어쩌면 설국의 첫머리처럼, 전나무 숲을 지나니 설국이었다고 글의 첫머리를 잡게 될지도 모를 일….

허나, 웬걸? 길은 내내 화창하다. 귓불에 닿는 봄의 입김, 맙소사! 눈꽃은 커녕 봄 냄새다. 설국을 꿈꾸던 마음이 슬그머니 식는다. 바다. 낙조가 아름답기로 소문난 그 바다 위로 햇살이 쏟아진다. 설국은 한 바탕 꿈이런가.

내내 멀쩡하던 하늘이 낯빛을 바꾼 건 절집 근처에 이르렀을 때. 어디선 가, 안개처럼 구름이 밀려왔던 거다. 한 점 두 점… 눈발이 날리기 시작했던 게다. 그리고 이내 허공을 가득 메우는 눈송이! 아, 하양나비들…. 대지에 닿는 순간 무화無化할지언정, 허공에 머무는 동안만은 현란하기 그지없는 나비 떼의 춤사위. 부처님의 살핌이었을까, 설국을 꿈꾸며 먼 길 달려온 중생을 가 엾이 여긴? 그리하여 그토록 투명하게 열렸던 하늘 가득 먹구름 불러들이고, 하얀 꽃을 뿌리고 계신 것일까?

휘어지며 뻗어간 전나무 숲길이 뿌옇게 가라앉는다. 적막하다. 소리 없이 흩날리는 눈을 맞으며 그 길을 간다. 새소리도 없고 바람소리도 없다. 완벽한 침묵이다. 침묵. 백 년 안짝 전에 심어졌다는 전나무 숲길의 원시적 침묵. 누구였을까, 이 침묵의 공간을 심은 이는. 그저 걷는다. 사랑도 미움도 걱정도 희망도 다 내려놓고 무념으로 걷는다. 나도 없고 너도 없는 순간. 부처가 되는 순간이다.

하지만 짧다. 무념의 빈 공간에 잡념이 끼어들고, 삼독이 집을 짓고, 거기 또 하나의 경계를 긋는 천왕문이 마주선다. 제석천帝釋天을 섬기며, 불법을 수호하는 사천왕들의 성문. 내소사의 유일한 주련이 걸린 곳이니, 내소사 지장암에서 주석하던 해안스님의 오도송이다.

鐸鳴鍾落又竹幅 탁명종락우죽폭
鳳飛銀山鐵壁外 봉비은산철벽외
若人問我喜消息 약인문아희소식
會僧堂裸滿鉢供 회승당라만발공

목탁소리, 종소리, 죽비소리
은산철벽 넘어 나는 봉황
누군가 내게 기쁜 소식 물어온다면
대중 방에 큰 공양 올리리라.

목탁소리는 바른 길로 이끌어주는 부처의 음성이요, 종소리는 일체중생을 구제하겠다는 대자비의 서원. 해안스님은 은사인 학명선사의 지도를 받으며 용맹정진하기를 일주일, 목탁소리의 여운이 가시기도 전에 불현듯 봉황이 되어 은산철벽을 훨훨 날아올랐다고 했다. 과연 본래의 법기法器가 그러했던 것일까?

하지만 스님은 말했었다. 누구나 일주일이면 스스로 부처임을 깨달을 수 있다고.

"가섭처럼 아주 뛰어난 사람은 말하기 전에 알고, 대매스님은 마조의 말을 듣고 곧장 깨달았으니 중간 정도의 지혜를 가진 사람이다. 하여, 우리네처럼 제일 못난 사람도 아무 잡념 없이 오직 화두에 대한 의심 한 생각으로 7일을 계속하면 깨친다."

스스로의 체험에서 나온 이런 믿음은 근래의 사찰수련회 같은 1~3주의 '특별정진법회'를 마련하는 것으로 실천되고 있는데, 해안스님으로부터 비롯된 일이다. 이는 대중들로 하여금 자신의 몸뚱이를 끌고 다니는 주인공을 찾도록 함으로써 성불하도록 돕는 것이니, 오도송에서처럼 대자비의 실천이요 만발공양이었던 셈인 게다.

천왕문 옆 부도밭에 세워진 '해안범부海眼凡夫' 탑비 위로 눈이 내린다. 950년을 살았다는 느티나무, 아직은 어린 벚나무, 배롱나무, 단풍나무도 눈을 맞는다. 강부자도 고소영도 없이 대웅보전 지붕 너머의 능가산 연봉들 또한 공평하게 눈을 얻어 받는다.

대웅보전 꽃살 창문을 가만히 쓰다듬는다. 아주 유명한 놈이다. 유홍준 교수가 "한국적인 아름다움의 극치"라 '극찬'했던 놈이다. 나 같은 사람으로서야 아는 것이 얄팍해서 그만큼 볼 수 있는 것 또한 적고, 하여 그만큼 느껴지는 감동 역시 조막만할 테다. 하지만 그대로의 나무빛깔이 곱고, 나뭇결에 켜켜이 쌓인 세월만큼은 묵직하게 매만져지는 것이니 꼭이나 미학적 지식을 갖추지 못한 게 억울해지지도 않는다.

문득 눈발이 그친다.

맑디맑은 햇살이 마당으로 쏟아진다.

흰 나비들이 하늘을 가득 메워 춤을 추던 모습이 꿈속의 일인 것만 같다.

우리네 인생이 이러할까?

生死於是 是無生死생사어시 시무생사
생사가 이곳에서 나왔으나, 이곳에는 생사가 없다.

해안스님의 탑비 뒷면에 적힌 글이 그러 했었다.

'범부 해안'은 가고, 남은 것은 봄날에 한바탕 내린 눈처럼 흔적뿐이니, 두고 가신 시라도 한 편 가만히 읽어볼 일이다.

고요한 달밤에 거문고를 안고 오는 벗이나
단소를 손에 쥐고 오는 벗이 있다면

굳이 줄을 골라 곡조를 아니 들어도 좋다.
이른 새벽에 홀로 앉아 향을 사루고
산창山窓에 스며드는 달빛을 볼 줄 아는 이라면
굳이 불경을 아니 배워도 좋다.
저문 봄날 지는 꽃잎을 보고
귀촉도 울음소리를 들을 줄 아는 사람이라면
굳이 시인이 아니라도 좋다.
아침 일찍 일어나 세수한 물로 화분을 적시며
난초 잎을 손질할 줄 아는 이라면
굳이 화가가 아니라도 좋다.
구름을 찾아 가다가 바랑을 베고
바위에 기대어 자는 스님을 보거든
굳이 도에 대한 이야기를 하지 않아도 좋다.
해 저문 산야에서 나그네를 만나거든
어디서 온 누구인지 물을 것도 없이
굳이 오고가는 세상사를 들추지 않아도 좋다.

백암산 백양사

고불총림 백양사는 백제시대의 고찰로 유구한 역사뿐 아니라
근래의 고승인 만암스님과 서옹스님이 주석하면서
납자들의 정진도량으로 유명하다.
천진암, 운문암, 청류암, 약사암 등 여러 산내암자 모두
유서가 깊은 곳으로, 특히 운문암은 고려시대 때부터
납자들의 정진도량으로 손꼽혀 지금도 전국의 수많은 선승들이
참선하고 싶어 하는 곳이다.
주변 경관이 빼어나 많은 사람들이 찾는데,
경내에 자리한 울창한 비자나무숲은
천연기념물로 지정되어 보호되고 있을 정도로 아름답다.

어둠 속의 길 찾기

천왕문을 들어서니, 도둑처럼 스며드는 향기. 주변에 멋쟁이 처녀라도 있는가 싶어 둘러보지만 아무도 없다. 하긴 사람의 몸에서 풍길 향이 아니다. 절집을 가득 채운 향내, 대웅전 마당 구석에 서 있는 건 오래 묵은 홍매화 한 그루다.

이 가람에서 주석하신 만암과 서옹스님의 법향法香이 이러했을까? 단 한 그루의 매화가 이토록 온 절집을 향기로 감싸는 것은 경이로움이다. 욕심껏 마신다. 스님 한 분 합장한다. 고불총림 방장으로 주석하는 수산스님의 상좌 상암스님. 마주하여 합장한다. 몇 마디 인사말을 섞은 끝에 홀로 머문다는 멸운암으로 동행한다. 바깥손님을 거의 들이지 않는 토굴에 억지로 발을 들이미는 셈이지만, 한 번 닿은 것을 매정하게 내치지 못하는 것은 인연을 소중히 여기는 것이 불가의 예법이런가.

멸운암은 산내암자인 천진암으로 향하는 길로부터 슬쩍 벗어나 숨어 있는 작은 방 한 칸. 창문을 열어 봄볕을 들이니 대숲이 세상과 경계를 짓고, 계곡 물 흐르는 소리가 바람소리인양 귓바퀴에 맺힌다. 스님은 느릿느릿 다기茶器를 챙기고, 불청객은 대숲 너머로 흘러내리는 능선에 눈길을 둔다. 아직은 회색으로 가라앉은 빛깔, 잠시 어색함도 불편함도 없는 정적이 흐른다.

"참 좋군요. 이렇게 앉아 차를 마시며 한 철 보내고 싶은 생각이 들 정도로…."

"하하."

짧게 웃고는, 스님이 뜨거운 찻물로 잔을 데우며 말을 잇는다.

"좋죠. …하지만 며칠 못가서 지옥이 될 수도 있구요. 아마도 세상에서 그무엇인가가 되고 싶어 한다면 좋은 곳만은 아니지 싶군요. 저야 화두와 망상을 오락가락하면서 사는 몸이니 극락인 셈이지만…."

그럴 게다. 단 며칠 정도야 오랜만의 평화를 누리고 한가로움을 즐길 수있겠지만, 그 후엔? 오직 자신뿐! 아마도 며칠쯤 더 지나면 혼자 묻고 대답하게 될 것이고, 어느 순간 미치게 될 지도 모를 일이다. 어쩌면 수행이란 그렇게 자신과의 만남을 계속해가는 것인지도 모를 일이나, 나는 아직 나 스스로를 만날 용기가 없다.

"저 나무들은 어떻게 자랄 것인지, 꽃을 피울 것인지 미리 생각하지 않지요. 그냥 자연스럽게 자라고 꽃을 피울 뿐. 사람 또한 한 가지예요. 자연스러운 삶, 전체로서 사는 삶을 바란다면 계획하고 통제하려 해서는 안 되죠…."

스님의 말을 알아들을 수는 있었다. 자신의 본성을, 더하여 자연까지 거스르고 통제하는 동안 지옥으로 가까워지는 일이 드문 세상은 아니니까. 그럼에도 마음 깊숙이 내려가기엔 나의 한계가 너무나 빤하였고, 세 번 혹은 네 번쯤 우려낸 다관이 비었을 무렵, 멸운암을 물러나왔으니 승속 사이에 오간 이야기가 깊었을 리도 없겠다. 다만 마지막 다관에 띄운 매화향이 입안에서 사라졌음에도 무심하게 내려놓은 스님의 말 한마디만은 마음에 깊이 맺힌다.

"차를 마시고 있는 지금을 살면 더 바랄 게 있겠습니까."

언젠가 읽었던 '오쇼 라즈니쉬'의 가르침이 떠올랐기 때문이었을까. 모호한 기억을 떠올리며 서가를 뒤져 찾아낸 책에서 라즈니쉬는 말한다.

마음은 미래에는 살 수 있지만 현재에는 살 수 없다. 현재의 그대는 다만 희망하고 꿈꿀 수 있을 뿐이다. 그리고 그것이 곧 그대가 불행을 창조하는 방법이다. 만일 지금 이 순간에, 지금 이곳에 살기 시작한다면 고통은 사라진다.

에고는 과거가 쌓여 온 것이다. 과거에 알고 경험하고 읽은 것, 과거에 그대에게 일어난 모든 것이 그곳에 쌓여 있다. 그 과거 전체가 에고이고, 그것이 곧 그대 자신이다. 그 과거가 미래 속으로 투영된다. 미래는 다만 과거의 연장에 불과하다. 그러나 과거는 현재와 얼굴을 맞댈 수가 없다. 현재는 완전히 다른 것이다. 현재는 지금 여기에 존재하는 특징을 갖고 있다. 과거는 언제나 죽은 것이지만, 현재는 살아 있다. 현재는 모든 살아 있는 것들의 근원 바로 그 자체다.

과거는 현재와 대면할 수 없기 때문에 미래 속으로 움직여 간다. 그러나 그 둘은 죽은 것이다. 둘 다 존재하지 않는 것이다. 현재는 곧 살아 있음이다. 미래는 현재를 만날 수 없고, 과거 역시 그렇다. 그대의 에고, 그대의 그 '어느 누구', 이것들은 전부 그대의 과거다.

'차를 마시고 있는 지금을 사는 것.' 그제야 스님의 말이 조금은 이해되는 듯싶었는데, 어쨌든 멸운암에서 내려와 백양사 해운각의 소박한 객방으로 돌아오니 빗방울이 떨어진다. 해운각의 게송 그대로 달빛에 젖어 매화 향을 즐기는 호사는 물 건너간 셈이다.

今日巖前坐 금일암전좌
坐久煙雲收 좌구연운수

一道淸溪冷 일도청계냉
千尋碧嶂頭 천심벽장두
白雲朝影靜 백운조영정
明月夜光浮 명월야광부
身上無塵垢 신상무진구
心中那更愁 심중나갱우

오늘 바위 앞에 앉았다.
앉은 지 오래돼 구름연기 걷히고
한 줄기 맑은 계곡물은 차가운데
천 길 푸른 봉우리 우뚝하구나.
아침 흰 구름 그림자 고요하고
밝은 달은 밤에 더욱 빛나네.
몸에는 온갖 더러움 없어졌으니
마음속에 다시 무슨 근심 있을까?

- 해운각

어느 고승의 노래인가. 한 점 바위가 되어 좌선하는 스님의 모습이 눈에 선하다. 삼매에 잠긴 스님의 마음이 짚어지고, 아름다운 절집 풍경이 그림처럼 그려진다.

시를 빌려오지 않더라도, 백양사는 아름답다. 가만히 연못 바위에 앉아 백암산 암봉 위로 떠가는 구름을 바라보는 것만으로도 십오야 달처럼 마음이 맑아질 것만 같다.

하지만 정작 백양사가 아름다운 것은 절집의 풍광보다도 이곳에 머물며

덕을 베풀었던 높은 선지식들의 향기가 배어있기 때문일 것이니, 천왕문 옆에는 탑비가 서있다. '만암대종사 고불총림백양사.' 그리고 아래쪽에 새겨진 '이뭣고'라는 글귀. 바로 오늘날의 백양사를 있게 한 만암스님의 화두다.

"이 몸뚱이를 끌고 다니는 이놈이 무엇인고?" "마음도 아니요, 물건도 아니요, 부처도 아닌, 이것이 무엇인고?"

본래면목을 찾기 위해 끊임없이 의문을 일으켜 파고들어야 한다는 화두다. 의문이 생기지 않으면 질문도 없는 법, 자신의 마음을 의심하지 않으면 본래면목을 찾을 길은 영영 없으리라. 하지만 부처를 의심하고, 조사를 의심할지언정 자신의 마음에 대해서만큼은 결코 의심하지 않는 것이 나와 같은 대중들의 습성. 하여 만암스님은 무슨 일에서건, 그 일을 일으키는 마음에 질문을 던지라 하셨을 게다. "이뭣고!"

만암스님은 선과 교를 겸비하고 일제강점기를 건너온 대표적인 선지식 중한 사람. 특히 스님은 조계종 종정으로 비구·대처승 간의 갈등이 극에 달했을 때 급진적 개혁보다는 점진적 개혁을 주장하며 종단의 안정적 변화를 위해 노력하였던 분으로, 선농일치를 주창해 사찰의 자급자족을 구현하고 일찍부터 교육 사업에 진력해 백양사 청류암에 광성의숙廣成義塾을 설립하는 등 교학 분야에도 지대한 관심을 기울였던 큰스님이었다.

만암스님의 뒤를 이어 백양사를 선문의 종가로 키운 또 한 분이 있으니 바로 몇 해 전 스승과 마찬가지로 좌탈입망한 서옹스님이다. 평생 참사람운동을 펼치며 전 인류의 평화와 인류애를 강조했던 스님은 63세 되던 해 조계종 종정에 추대되어 수행자들에게는 최고의 선지식이요, 일반 대중들에게는 정신적 귀의처로 존경을 받았다. 스승과 제자의 이름이 어찌 이보다 아름다울 수 있을까. 만암스님은 오도한 제자에게 전법게를 내려 법을 전했다.

상왕象王은 위엄 떨치고 사자는 울부짖는다.
번쩍이는 번갯불 가운데서 사邪와 정正을 분별하도다.
맑은 바람이 늠름하여 하늘과 땅을 떨치는데
백암산을 거꾸로 타고 겹겹의 관문을 벗어나도다.

– 서옹스님 오도송

백암산 위의 사나운 호랑이 한 마리가
한밤중에 돌아다니며 사람을 다 물어 죽인다.
쏴쏴 맑은 바람 일으키며 날아 울부짖으니
가을하늘에 밝은 달빛은 서릿발처럼 차갑도다.

– 만암스님 전법게

　산사의 밤은 칠흑처럼 어둡다. 객사의 작은 방은 빗소리로 가득하다. 천지를 하나로 꿰뚫는 섬광, 백암산이 무너지듯 천둥이 운다. 미닫이를 여니 번쩍이는 섬광에 뜰이 환히 드러난다.
　부처는 번개다.
　만암이 번개고, 서옹 또한 번개다.
　칠흑 같이 어두운 밤, 번쩍이는 섬광으로 길이 드러난다.
　허나 우리는 자주 잊는다, 섬광에 눈을 빼앗기면 길을 놓친다는 것을.
　한밤중에 돌아다니는 사자처럼 천둥이 운다.
　거친 비에 저 매화는 다 지고 말까, 좀처럼 잠들지 못하는 밤이 깊어간다.

靈山會上言雖普 영산회상언수보
小室峰前句未親 소실봉전구미친
瑞艸蒙茸含月色 서초몽용함월색
寒松蓊鬱出雲霄 한송옹울출운소

부처님께서는 영산회상에서 법을 설하셨지만
달마는 소림굴에서 말을 잊고 지냈네.
풀 더미 상서로워 달빛을 머금었고
추위 속의 소나무 빽빽이 구름 위를 솟구쳤네.

– 사천왕문

義天敎海從窮通 의천교해종궁통
獅子窟中無異獸 사자굴중무이수
象王行處絶狐踵 상왕행처절호종
皎日昇空無翳点 교일승공무예점
百億須彌列面前 백억수미열면전
峰巒透出揷靑天 봉만투출삽청천
浮雲薄霧何能到 부운박무하능도

옳은 뜻 밝은 도리 막힘없이 통함이여
사자가 사는 곳에 다른 짐승 살 수 없고
코끼리 가는 곳에 여우 자취 사라짐이
밝은 해 떠오름에 어둠이 사라지듯

겹겹이 쌓인 수미 눈앞에 나타나고
높고 높은 봉우리가 푸른 하늘 치솟으니
뜬구름 옅은 안개 어찌 능히 이를 손가.

– 향적전

一拳拳倒黃鶴樓 일권권도황학루
一踢踢翻鸚鵡洲 일척척번앵무주
有意氣時添意氣 유의기시첨의기
不風流處也風流 불풍류처야풍류
馬駒喝下喪家風 마구갈하상가풍
四海從玆信息通 사해종자신식통
烈火燄中撈得月 열화염중로득월
巍巍獨坐大雄峰 외외독좌대웅봉

한 번의 주먹질로 황학루가 무너지고
한 번의 발길질로 앵무주가 뒤집히니
기상이 있을 시엔 기상을 더해주고
풍류가 없는 곳엔 풍류가 찾아든다.
망아지 할 소리에 모든 가풍 사라지니
사해가 이를 쫓아 소식이 통하고
맹렬한 불길 속에 찾던 달을 건져드니
높고 높은 영웅봉에 외로이 자리 펴네.

– 향적전

北斗藏身金風體露 북두장신금풍체로
烏道玄會金針玉線 오도현회금침옥선

북두에 감춘 몸이 갈바람에 드러나니
갈 길이 분명함이 금바늘에 옥실이라.

– 칠성각

聞聲悟道 문성오도
見色明心 견색명심
全機大用 전기대용
棒喝交馳 봉갈교치
師資唱和 사자창화
父子一家 부자일가

소리를 듣고 도를 깨닫고
색을 보고 마음을 밝힌다.
전기를 크게 써
봉과 할을 서로 주고받으며
스승과 함께 노래 부르니
부자가 모두 한 가풍이다.

– 진영각

敎我如何說 吾心似秋月 교아여하설 오심사추월
碧潭淸歸潔 無物堪比倫 벽담청귀결 무물감비륜
淸光轉更多 狐狸俱屛迹 청광전갱다 호리구병적
獅子奮全毛 斫却月中桂 사자분전모 작각월중계

가을 달 닮은 내 마음에 무슨 말을 시키는가.
맑고 맑은 푸른 못에는 견줄 것이 하나 없다.
푸른 눈빛 더욱 짙어 여우 이리 자취 없고
금털 세운 사자 위엄 계수나무 베어지네.

− 청운당

금정산 범어사

신라시대 화엄종 10대 사찰 중 하나로
의상대사에 의해 서기 678년에 창건된 것으로 전한다.
임진왜란등으로 여러 번 불탔다가 광해군 5년(1613)에 다시 고쳐 지은 뒤
많은 고승들을 배출하면서 현재 경남의 3대 사찰로 발전하였다.
신라시대 삼층석탑(보물 제250호),
근세에 인도 스님이 가지고 온 부처 사리를 모신 칠층석탑과
석등 등의 유물이 있으며, 보물로 지정된
전의상대사옥인傳義湘大師玉印은 원효의 작품이다.

산중의 법고 소리

    대한민국 민초들은 행복할까. 그렇지 못하다. 설문과 통계수치가 그렇게 말한다. 세계 11등의 경제대국이라고 큰소리치는 나라에서, 부자가 돼서 행복해지려는 발버둥이 치열해질수록 정작 행복한 사람들은 적어지는 이 모순.

    어쩌면 금정산 산복도로까지 밀고 올라온 아파트 군락들에서 그 대답을 들을 수 있을 지도 모르겠다. 강남인지 강북인지 분별하고, 20평인지 40평인지 혹은 100평인지 분별하고, 큰 차를 타는 지 작은 차를 타는 지로 행복의 절대량을 비교하는 나라. 크다 작다, 많다 적다, 예쁘다 밉다 하면서 나와 너를 비교하고 탐심貪心을 씻지 못하는 때문일 게다. 자연히 세상은 정글이 되고 아무리 많은 것을 가졌어도 더 많이 가진 놈을 보면 불행해진다.

    범어사 가는 길, 어스름 무렵임에도 사람들의 그림자가 적잖다. 걷는 사람, 뜀박질을 하는 사람, 등산을 하고 내려오는 사람, 부처님께 삼배를 하고 내려오는 사람…. 문득 생각한다, 저들은 지금 행복할까?

神光不昧萬古徽猷 신광불매 만고휘유

入此門來莫存知解 입차문래막존지해

사람의 본성은 만고에 불매하고 아름다운 것
이 문을 들어서는 순간 모든 것을 놓아라.

— 불이문

매표소를 지나며 살짝 심통스럽던 마음이 불이문에 이르러 쿵 떨어진다.
불이不二, 우주 만물과 내가 둘이 아님을 일러주는 그 관문. 그리고 그곳에 걸
린 주련.

"이 문을 들어서는 순간 모든 것을 놓으라"는 글귀는 날선 칼날이다. '어
떤 탐심에, 어떤 분노에, 어떤 어리석음에貪瞋癡 떨어져 있지는 않은지?' 쉼
없이 닦고, 닦고 또 닦으면서 이 문을 밀고 들어서기 전에 삼독에 사로잡힌 마
음을 내려놓으라는 죽비일 터다.

법고소리가 경내를 가득 채운다.

둥둥 둥 두두두둥….

'원컨대 이 종소리 모든 법계에 두루 퍼지소서. 철위지옥의 모든 어둠도
다 밝아지소서.'

모든 중생들로 하여금 바로 깨달아 해탈하라고 스님은 그렇듯 금정산이
울리도록 법고를 두드리는 것일까. 북소리 한 번에 탐욕이 녹아내리고, 북소
리 두 번에 분노가 꺼지고, 북소리 세 번에 어리석음이 깨져 내리느니…. 법고
소리를 들으며 미처 내려놓지 못한 탐욕스런 마음이 조금은 착해졌을까.

법고의 울림이 그치고 한순간 절집은 적요하다. 한 줄기 바람이 대숲을 파
고든다. 죽죽 뻗어 오른 대나무들이 운다. 저렇듯 금어선원의 댓잎 부딪치는

소리를 듣고 동산스님은 한순간에 깨달음의 세계로 건너갔다던가, 한줄기 바람에 스적스적 몸 비비는 저 대나무들의 속삭임 하나로…. 내 잔은 비어 있어 그저 물 한 방울에 그칠 뿐이나 이미 가득 채워진 법기法器였기에 한낱 댓잎의 수런거림만으로도 홀연히 넘쳐버렸을 게다.

畵來畵去幾多年 화래화거기다년
筆頭落處活猫兒 필두낙처활묘아
盡日窓前滿面睡 진일창전만면수
夜來依舊捉老鼠 야래의구착노서

그리고 그린 것이 그 몇 해던가
붓끝이 닿는 곳에 살아 있는 고양이로다.
하루 종일 창 앞에서 늘어지게 잠을 자고
밤이 되면 예전처럼 늙은 쥐를 잡는다.

– 동산스님 오도송

동산스님은 한국 현대불교의 초석을 놓은 용성 큰스님의 제자요, 선의 꽃을 피운 성철스님의 스승이다. 동산스님이 용성선사를 만난 것은 의학전문학교 졸업을 앞두고 있던 스물두 살 무렵. 스승의 질문 한 가지가 스님을 불문으로 이끌었다고 한다.

"상처와 종기가 든 육신의 병은 의사가 고친다하지만, 더 큰 고통을 가져다주는 마음의 병은 어찌하겠는가?"

말문이 막힌 동산은 결국 출세가 보장된 의사의 길을 포기하고 '마음의 병'을 치료하는 의사의 길로 방향을 바꾸게 된다. 그리고 중생들을 고해로부터 건지겠다는 원력을 세우고 용맹정진하기를 열다섯 해, 댓잎의 속삭임 하나에 홀연히 깨달았던 것이다. 옛사람의 손길이 닿으면 돌조각도 박물관으로 가는 법, 범어사의 대숲이 한낱 예사로울 수 없음이다. 동산스님 역시 오도悟道의 인연이 닿은 그 대밭을 특별히 아끼며 돌봤다고 하는데, 오늘도 그때 그 자리에는 사리탑과 비석이 있어 스님의 법문을 전한다.

"이 세상 모든 중생들은 하나 같이 모두 다 부귀영화를 탐하고 있어. 그러나 벼슬도 재물도 풀잎에 이슬이요, 물에 뜬 거품인 게야. 아, 인생살이 그 자체가 한 토막 꿈이거늘, 부귀영화가 무엇이란 말인가. 헛욕심들 버려. 헛욕심을 버리지 못하면 추하게 되는 게야. 더럽게 벼슬 살고, 치사하게 재물을 쌓으면 그건 복이 아니라 재앙이 되는 게야. 내 오늘 이제 법문을 마치겠거니와, 나는 오늘을 마지막으로 이 자리에 다시는 오르지 못할 것이니, 오늘 보살계를 받은 대중들은 내가 사흘 동안 설한 법문을 마음에 새겨 좌우명을 삼고, 부지런히 정진들 하시오. 깨끗하게 살고, 당당하게 살고, 자비롭게 살고, 착하게들 사시오."

악인도 죽음을 앞두고는 착해진다 했다. 하물며 평생을 일일부작一日不作이면 일일불식一日不食의 청규清規를 몸소 실천했던 큰스님에서랴…. 열반하기 일주일 전쯤 설하신 이 법문은 얼핏 평범한 말씀으로 생각하기 쉬우나, 그러하기에 오히려 비범한 삶의 지혜가 아닐 것인가. 참 행복의 세계에 들기 위해서는 탐욕의 질긴 불을 꺼야 한다는.

동산스님 가신지 수십 년, 세상은 여전히 시끄럽다. 잃어버린 10년을 외치며 권력을 손에 쥔 자들은 고소영이니 강부자니 하면서 끼리끼리 주머니를 채울 뿐이고, 역사를 뒤엎고 철지난 이념 따위나 핑계 대며 불황에 죽어나는 국민은 아랑곳없을 뿐이고, 한순간에 민주주의가 수십 년을 후퇴해도 견제해야 할 정치세력들은 무능·무력·무심할 뿐이고, 그 틈바구니에서 민초들은 이리 쫓기고 저리 밀리며 그저 죽어갈 뿐이고….

세상은 절망스러워도 선종대본산 범어사 위로 허공은 깊이 가라앉은 암청색. 저녁 공양을 마치고 선원으로 향하던 스님 두 손을 모으니, 법당의 불빛이 세상으로 쏟아진다.

摩訶大法王 마하대법왕
無短亦无長 무단역무장
本來非皁白 본래비조백
隨處現靑黃 수처현청황

부처님께서는
짧지도 길지도 않으시며
본래 희거나 검지도 않으시며
모든 곳에 인연 따라 나타나시네.
– 대웅전

帝釋天王慧鑑明 제석천왕혜감명
四洲人事一念知 사주인사일념지

哀愍衆生如赤子 애민중생여적자
是故我今恭敬禮 시고아금공경례

제석천왕의 지혜는 밝고 밝으셔서
온 세상의 일을 일념으로 모두 아시네.
중생을 친자식처럼 애처롭게 생각하심이여
이렇게 공경의 예를 올립니다.

– 천왕문

오대산 월정사

신라 선덕여왕 12년(643) 자장율사에 의해 오대산의
중심 사찰로 창건되어 근대의 한암,
탄허스님에 이르기까지 많은 이름난 선지식들이 머물던 곳이다.
《조선왕조실록》 등 귀중한 사서史書를 보관하던 오대산 사고가 있고,
세조가 써 보낸 〈오대산 상원사 중창권선문五臺山上院寺重祠勸善文〉,
석가모니부처의 사리를 봉안하기 위하여 건립한 팔각구층석탑,
보물 139호인 석조 보살좌상 등의 문화재가 있다.

사람이 있어 아름다운 길

　　　　　흐르는 발자국이 길을 만든다. 길 없는 세상은 섬으로 격절될 뿐, 섬과 섬은 길로 인해 이어지고 그래서 다른 우주와 소통을 원하는 영혼들은 늘 길 위에 선다.

　오르막인, 내리막인, 구불구불한, 뻥 뚫린 혹은 아름답거나 쓸쓸하거나 따뜻했을 그 길들…. 그리고 어떤 길은 오랫동안 기억 속에 남아 그리움이 된다. 월정사 숲길 또한 언제나 그리운 길 가운데 하나. 내가 그 절집을 자주 찾았던 건 아마도 아름드리 전나무들 사이로 뻗어간 그 텅 비어 흘러가는 흙길과 무관치 않았을 게다.

　시커먼 몸통의 전나무가 죽죽 치솟아 늘어선 길, 흰 눈으로 덮여 있다. 앞서간 발자국들이 드물다. 따뜻하고 편안하게 갈 수 있는 자동차를 버리고 발목까지 빠지는 눈길을 헤치며 걷는 게 그다지 영리하지 못한 행동임을 사람들은 안다. 여행 중간의 시간은 목적지에 도착하기 위해 치러야 할 대가에 불과하고, 그래서 모든 일의 과정에서 얻는 즐거움은 효율적이지 못한 일이다.

　한 친구의 화법은 늘 이런 식이었다.

　"그건 중요한 게 아니잖아. 결론을 말하라구."

　나는 곧잘 그의 말에 머쓱해지곤 했으나, 어디 그 친구만 그랬을 것인가.

세상에는 그 친구와 같은 유의 사람들이 수없이 많고, 그래서 세상에 흘러넘치는 대화라는 게 늘 이런 식일 테다.

"그래서 어떻게 되었는데? 돈은 좀 벌었어?"

나뭇가지를 뚫고 들어온 아침햇살에 길이 하얗게 빛난다. 허파에 가득 들어차는 공기가 시리도록 차다. 맑은 공기를 마시면 왜 담배가 생각나곤 하는 것인지. 어쩌면 이 아름다운 길을 포기하고 안락하게 절집 입구까지 달려가는 것이나 흡연의 유혹에 무너지는 마음이나 거기서 거긴지도 모를 일이겠다.

발목이 아릿하다. 잘못 든 길이 지도를 만든다고 했던가. 뒤이어 오는 누군가는 나의 발자국을 되밟아오며 발목을 적시지 않아도 좋겠지만, 내 걸음이 비틀거릴 때마다 그의 걸음 역시 그러하리라. 그러니 똑바로 걸어야 할 일. 그래도 가끔은 허방을 딛고 만다. 저리도록 아름다운 모습들이 시선을 빼앗는 탓이겠으나 월정사 숲길이 아름다운 것은 경치 때문만은 아니리라. 공간은, 아름다운 사람들의 체취가 배어 있을 때 비로소 온전히 아름다워지는 것이니 말이다.

조계종 초대 종정을 지낸 한암스님은 바로 그런 아름다운 이름에 넘치는 인물이다.

한암漢巖. 봉은사 조실로 주석하다가 친일 승려들이 설치는 꼴을 보다 못해 "천고에 자취를 감춘 학이 될지언정 삼춘三春에 말 잘하는 앵무새의 재주는 배우지 않겠노라"며 열반할 때까지 오대산 산문 밖 출입을 끊었던 큰스님. 만공, 경봉스님과 더불어 당대의 대표적인 선지식으로 추앙받았던 한암은 승려다운 승려로 첫손에 꼽히는 수행자였다. 경봉스님에게 보냈던 한 장의 서신이 그런 한암스님의 면목을 가감 없이 보여주는 예일 듯싶다.

편지 잘 받았습니다.

건강하시다니 기쁩니다.

저는 한결같이 어리석게 모든 것을 접고

이곳에서 칩거를 하고 있습니다.

돌아보면 저에게 남은 것은

방 안에 걸어둔 붓 한 자루와 낡은 서책 몇 권,

그리고 내 몸을 근질근질하게 하는 쥐벼룩 몇 마리가 전부일 뿐.

한평생 살아온 삶의 무게가 오직 그것뿐입니다.

이제 그 인연을 접으려고 하니,

팔순 가까운 이 늙은이의 마음이 무겁기만 합니다.

이 세상의 모든 일이 인연으로서 이루어지고

인연으로 없어진다는 것이 부처님의 말씀인데,

이나마 육신에 병이 들어도 나날을 지탱할 수 있는 것은

오직 부처님의 법력 덕분입니다.

스님,

구름과 시냇물을 벗 삼아 살아가는 운수납자에게

가진 것은 밝은 달, 맑은 바람뿐인데,

어찌하여 스님은 제게 큰 짐을 지우려 하십니까.

종주宗主의 청장請狀을 제가 받는다면 이는 망령된 짓입니다.

차라리 뒷방이나 비워두시면

살아생전 함께 모여 정담이나 나누었으면 좋겠습니다.

종주는 늘 스님이 적임자이니 다른 생각은 하지 마십시오.

정신이 피로하여 이만 줄입니다.

중등이가 부러져 눈 속에 뒹굴고 있는 전나무 하나. 거대한, 그러나 속이 텅 빈…. 불과 얼마 전까지만 해도 위풍당당하게 서있었을 나무의 속살이 이토록 텅 비었던 것임을 누가 상상했을까.

쓰러져 썩어가고 있는, 한때 나무로 불렸던 저 물건뿐이랴. 사람들의 관심 또한 온통 껍데기에 쏠려 있지 않던가. 벤츠를 끌고 다니는 소인배에겐 허리를 숙일지언정 선비처럼 살아가는 가난한 문사는 경멸하고, 명품을 휘감고 다니며 허접한 교양을 가장하는 일명 사모님들은 내심 부러워할지언정 정직하게 하루를 살아가는 소박한 이웃아줌마는 무시하기 일쑤며, 머릿속이 텅 빈 잘생긴 사람은 추앙할지언정 덕과 지혜를 갖추었으되 외모가 떨어지는 사람에 대해선 폭탄 운운하며 눈을 돌리지 않던가. 하여 문을 닫는 서점들이 늘어가는 대신 성형외과 병원들은 문전성시를 누리고 있지 않던가. 이는 그림자가 실체를 덮어버리는 꼴이니, 아무리 노기怒氣를 보이지 않고 자애하셨던 한암 스님이라 할지라도 주장자 한 방 크게 내리치시지 않을까보냐. 부러져 나뒹구는 비루한 나무의 잔해에도 말없는 부처의 가르침이 스미어 있음이다.

길을 따라 흐르는 계곡은 눈이 쌓여 소복하다. 하지만 눈과 얼음장 밑에서도 냇물은 흐르기를 멈추지 않는데, 은어처럼 그 계곡을 거슬러 올라가면 산내 말사인 상원사, 그리고 한강의 발원지. 그러니까 금강교 아래를 돌돌돌 흘러가는 저 계류는 한강으로 바다로 향하는 긴 여정을 떠나는 셈이다.

금강교 쯤에서 오른쪽 산기슭으로 가면 만날 수 있는 곳이 방산굴, 탄허스님이 머물다가 입적한 집이다.

탄허呑虛, 경허와 한암의 선맥을 이은 큰스님이자 당대의 석학으로 명성을 떨쳤던 인물. 자칭 국보로 칭하며 자존심 하나로 똘똘 뭉친 양주동 박사가 탄허로부터 장자 강의를 듣고는 열 살이나 연하인 그에게 오체투지로 절을 했다던가? 하지만 무엇보다 탄허의 공적은 10여 년에 걸쳐 6만 3천 장에 이르는 화엄경 합본 원고를 번역해낸 것을 비롯해 수많은 불경을 한글화한 데 있다. 가히 한 개인으로서는 도저히 해낼 수 없을 것 같은 기적이 그 한 몸으로부터 이루어 진 셈이다. '한 나라와도 바꾸지 않을 인재를 길러내야 한다'는 탄허의 유지는 이제 제자인 혜거스님 등에 의해 이어지고 있어 어떤 열매를 맺게 될지 기대되는 바가 적지 않은데, 한반도가 지구의 중심 국가가 될 것이라는 스님의 예견 또한 새삼 궁금해진다.

불법을 꿰뚫었음은 물론 유학과 도학道學에까지 능통했던 천재인 탄허는 또한 서예에도 조예가 깊었으니, 적광전寂光殿의 편액과 주련을 비롯해 조사당의 주련 또한 그의 글씨이다.

南無大方廣佛華嚴經 나무대방광불화엄경

萬代輪王三界主 만대윤왕삼계주
雙林示滅幾千秋 쌍림시멸기천추
眞身舍利今猶在 진신사리금유재
普化群生禮不休 보화군생예불휴

南無實相妙法蓮花經 나무실상묘법연화경

나무대방광불화엄경

만대의 전륜성왕이며 삼계의 주인이여
사라쌍수 아래에서 열반을 보이신지 그 얼마였던가.
부처님 진신사리를 이곳에 모셨으니

뭇 중생들 참배가 끊이지 않네.

나무실상묘법연화경

국보 명찰을 붙인 팔각구층석탑 위로 일광日光이 눈부시다. 부처님의 진신 사리를 품고 있어 금강처럼 빛나는 지혜로 중생의 어리석음을 일깨움인가. 문 득 법당 밖으로 흘러나오는 목탁소리, 경經 외는 소리⋯. 적광전 처마엔 고드 름이 주렁주렁하다. 칼날처럼 뾰족하게 날을 세워 지상의 무언가를 노려보지 만 결국 한줌 햇살에 녹아내리거나 제 무게에 겨워 한순간 떨어져 부서질 존 재⋯. 사람의 한 세상이 이와 같으니, 한암 큰스님의 법문이 새삼스럽다.

"천 번 나고 만 번 죽음이여, 이 일을 언제나 다할 건가. 오고 가는 일들이 더 바른길만 어두워지도다. 중생들이 마음속에 보물이 있는 줄 모르고, 마 치 눈먼 말이 자기 다리만 믿고 길을 떠난 격이로다. 세월은 번갯불과 같으 니 세월을 아낄지어다. 나고 죽는 일이 한숨 쉬는 중에 있어서 조석으로 보 존하기 어렵도다. 이 세상에 무슨 일이 급하고 필요한가. 마음을 해탈하는 것만 같음이 없어라. 삼가 이 마음 쫓아서 걸으면 자기 보물만 멀어지네."

靈通廣大慧鑑明 영통광대혜감명
住在空中映無方 주재공중영무방
羅列碧天臨刹土 나열벽천임찰토
周天人世壽算長 주천인세수산장

크고 신령스러운 지혜의 거울

시방에 두루 비치니

정토마다 찬란하여

하늘 땅 인간에 영원하리라.

– 조사당

영축산 통도사

우리나라 3대 사찰의 하나로,
부처의 진신사리가 있어 불보佛寶사찰이라고도 한다.
통도사는 계율의 근본도량이면서 신라의 승단僧團을 체계화하는
중심 역할을 한 사찰로 창건의 정신적 근거이자 중심은 금강계단이다.
금강계단은 자장대사에 의해 축조되어
부처의 진신사리가 안치되어 있으며, 대웅전과 고려 말 건물인
대광명전을 비롯하여 영산전 · 극락보전 등
65동 580여 칸에 이르는 대가람을 이루고 있다.
부처의 진신사리를 안치하고 있어 불상을 모시지 않은 대웅전이
국보 290호로 지정되어 있으며,
보물 334호인 은입사동제향로銀入絲銅製香爐,
보물 471호인 봉발탑奉鉢塔 등이 있고, 선원으로 경봉스님이 주석했던
극락암을 비롯하여 백운암 · 비로암 등 13개의 암자가 있다.

佛之宗家　　　　불지종가

학은 늙은 소나무에
둥지를 틀고

불보사찰佛寶寺刹 통도사로 가는 길. 이른 점심으로 길동무와 더불어 곡차 한 단지를 비운 탓일까? 늙은 소나무들 늘어선 길이 그윽하다. 새로 닦은 길을 따라 승용차로 절집 문 앞까지 내처 내달린다면 놓치게 될 매력적인 이 길은, 제 발로 걷는 사람들만 얻어가질 호사인 셈. 쭉 곧았거나 휘었거나 비스듬히 누운 노송들과 더불어 동행하노라니 밥집에 남겨두고 나온 막걸리가 조금 아쉬워진다.

혹여 그대는 낮술의 미학을 느껴보셨는지? 달콤 쌉싸름한 취기에 잠겨 오며 가는 사람들의 활기 넘치는 일상을 가만히 들여다볼 때의 미묘한 해방감. 성냄과 번뇌, 집착에서 한 걸음 물러나 마치 어항 속에서 오가는 물고기들을 들여다볼 때처럼 무심해지는 기이한 마음자리…. 어쩌면 모든 집착이 끊어진 자리가 그러할까 생각해본다.

집착! 《열반경》에서는 이르되, '집착하는 까닭에 탐욕이 생기고, 탐욕이 생기는 까닭에 얽매이게 되며, 얽매이는 까닭에 생로병사와 근심, 슬픔, 괴로움과 같은 갖가지 번뇌가 뒤따르는 것'이라 했다. 재물에 집착하는 순간 돈의 노예로 떨어지고, 사랑에 집착하는 순간 이미 사랑이 아닌 것…. 집착이야 말로 본래의 부처를 가린 두꺼운 껍질인 게다.

허나, '아상我相을 지우라' '분별하여 집착하지 말라'는 큰 스승들의 가르침이 이미 공염불이되었음을 아름다운 이 길에서 보게 된다. 절집 가는 노변路邊에 조차 바위에 파인 집착의 흔적들로 즐비했으니 말이다.

李和○, 金点○, 趙文○….

선술집 벽지에, 깊은 산중의 바위에, 하다못해 비행기를 타고 다른 나라에까지 날아가 인류 공동의 문화유산에조차 거침없이 써 갈기는 저 이름자에 대한 무작스런 집착들….

하지만 이미 허망할 뿐인 게다. 금강의 칼날 아래에서는 아름다운 이름조차 존재하지 않는 법이거늘, 하물며 바위껍질에 파놓은 무상한 문자에서랴. 비와 바람 오가는 중에 몇몇은 벌써 희미하게 지워지고 있었으니.

일주문을 지나고 천왕문을 딛고 불이문을 넘는다. 세월의 무게가 느껴져서일까, 다른 절집에 비해 당우들로 여유 없이 꽉 들어찼어도 느낌만은 고고하다. 세 개의 구역으로 나뉘어, 마당을 에둘러 시립한 전각들이 드러내는 품격 또한 제각각 만만치 않다. 과연 해강 김규진 선생이 쓴 주련대로 '불지종가佛之宗家 국지대찰國之大刹'. 물론 건물들로 인해 그런 평가를 받는 것은 아니리라. 삼보 가운데 부처의 진신사리와 가사를 간직한 불보 사찰로 이름이 높은 탓인 게다.

잠시 합장하여 주인에게 예를 표하고 들여다본 대웅전 법당엔 부처님이 계시지 않는다. 부처님의 진신사리가 금강계단에 봉안되어 있으니, 따로 부처님을 모시지 않은 것. 그래서 금강계단은 대웅전과 더불어 통도사의 요체가 되는 셈이다.

대웅전, 엎드려 절하는 불자들로 가득한 어둑한 법당. 그들은 어떤 소원으로 저토록 간곡하게 부처님의 영험함을 갈구하고 있는 것일까? 뒤쪽 구석의 할머니는 품을 떠난 자식의 앞날을 축원하시고, 앞쪽의 아주머니는 변해버린 남편의 마음이 돌아오기를 빌고 있을 지도 모를 일이지….

문득 생각한다. 나는 무엇이 되고 싶었고, 집착해왔고, 엎드려 무엇을 빌고 싶은가? 어쩌면 길흉화복이 교직하는 삶 속에서 초월적 존재는 나약한 우리 인간에게 최후의 의지처일 터, 합리와 논리의 잣대로 긋고 자를 일은 못되리라. 다만 못 속의 달을 건지려는 원숭이의 어리석음만은 면하고자 할뿐.

月磨銀漢轉成圓 월마은한전성원
素面舒光照大千 소면서광조대천
連臂山山空捉影 연비산산공착영
孤輪本不落靑天 고륜본불락청천

은하수에 갈려 밝고 둥글어진 달이
밝은 얼굴빛으로 대천세계를 비추네.
팔을 벌려 산에 걸린 달을 잡으려 하나
둥근 달은 본시 푸른 하늘에서 떨어지지를 않아.

– 대웅전

한바탕 바람인 듯 경내를 둘러보고 물러나니 취기는 스러진 지 이미 오래. 일주문 밖 부도 밭에 고즈넉이 앉았다. 쉼 없이 드나드는 사람들. 묵연히 바라본다. 그들은 어떤 마음의 병을 품고 들며, 그리하여 한 걸음쯤 니르바나의 세계로 다가서고 있는 것인지.

인생이란

밤늦은 시간, 촛불을 앞에 두고 한 잔 차를 끓여 마시는 것과 같습니다.

어쩌면 부질없는 것이 인생이며

한 번쯤 살아볼 가치가 있는 것이 또한 인생입니다.

아이가 어머니의 젖꼭지를 물고 젖을 빠는 순간부터 세상의 인연이 시작되

듯 삶은 어쩌면 자신과는 연연하지 않게 오고 가는 것인지도 모릅니다.

사람이란 티끌이며 허공입니다.

이 이치를 깨달으면 욕망과 악이 사라집니다.

곧 성불이 되는 것이지요.

그것이 바로 생의 참된 화두입니다.

이 깊은 화두를 깨달으면,

마음길이 끊어져 본지풍광本地風光에 이릅니다.

이 화두를 앉으나 서나 끊임없이 생각하십시오.

그러면 모든 것이 편안해지며 마음의 병 또한 고쳐질 것입니다.

그러니 때로는 모든 세상사에 한번쯤 무심無心해져 보는 것도 몸에 좋을 것

입니다.

무심이란 세상과의 단절이 아니라

자신과의 단절을 뜻하는 것입니다.

무심의 강은 자신을 괴로움에서 벗어나게 하고

욕망과 사악을 버리는 강이기 때문입니다.

아아, 무심 하라.

– 경봉스님의 서신

무심하라!

통도사의, 한국 불교계의 큰 스승이었던 경봉스님은 무심하고 또 무심하다

일러준다. 그로 인하여 비로소 탐·진·치로부터 벗어날 수 있음을 일러준다.

무심하라!

들고 있던 책으로 얼굴을 덮고 옛 스승들의 부도 곁에 눕는다. 시냇물을 건너온 바람이 귓가를 스친다.

무심하라! 무심하라!

사랑으로부터, 미움으로부터, 명예로부터, 탐욕으로부터, 온갖 세상살이로부터….

무심하라! 무심하라! 무심하라!

봄바람에 밀려난 겨울이 저만치 물러선다.

돌아가는 길에는 다시 곡차 한잔을 기울여도 괜찮겠다.

初說有空人盡執 초설유공인진집
後非空有衆皆捐 후비공유중개연
龍宮滿藏醫方義 용궁만장의방의
鶴樹終談理未玄 학수종담이미현

처음 설한 유와 공에 사람들이 집착하더니
뒤에 공도 유도 아니라 하니 사람들 모두 버리네.
용궁에 가득한 경률론 모두가 의사의 처방이요
학수에서 마지막 설법도 현묘한 이치는 못되네.

– 금강계단

禪窓夜夜梵鍾鳴 선창야야범종명

唤得心身十分淸 환득심신십분청

檜樹蒼蒼山勢頑 회수창창산세완

葉間風雨半天寒 엽간풍우반천한

老僧出定忘聲色 노승출정망성색

頭上光陰似轉丸 두상광음사전환

玉鏡涵空派不起 옥경함공파불기

煙鬟繞坐雨初收 연환요좌우초수

牢籠景象歸冷筆 뇌롱경상귀냉필

揮斥乾坤防醉眸 휘척건곤방취모

紅塵謝絶心如水 홍진사절심여수

白水低徊氣尙秋 백수저회기상추

鷲背山高風萬里 취배산고풍만리

鶴邊雲盡月千秋 학변운진월천추

고요한 창에 밤마다 종소리 울려
도리어 몸과 마음이 깨끗해진다.
회나무 숲 울창한데 산세는 낮아
숲 사이 비바람이 차갑게 부네.
선정에서 깬 노승은 소리와 빛깔에 개의치 않아
머리 위로 흐르는 시간은 총알 같다.
맑은 물 잔잔히 흘러 파도 물결 일으키지 않고
자욱한 안개 속 비는 그쳐 가는데
그림 같은 한 폭의 경치
하늘과 땅 벌려진 모습 반쯤 취한 듯
티끌세상 멀리하니 마음은 물처럼 맑고

맑은 물 흐르는 곳에 추상같은 기운 감도네.

영취산 높은 기풍 만 리에 뻗치고

학이 날아 구름 걷히니 천추의 달이 밝네.

— 범종루

靑山塵外相 청산진외상

明月定中心 명월정중심

山河天眼裏 산하천안리

世界法身中 세계법신중

終日無忙事 종일무망사

梵香過一生 범향과일생

聽鳥明自性 청조명자성

看花悟色空 간화오색공

푸른 산은 티끌세상 밖 모양이요

밝은 달은 정중의 마음이라.

산하는 천하 속에 있어

세계가 그대로 법신이라네.

온종일 하는 일 없이

향을 피우듯 일생을 보내네.

새소리 듣고 자성을 밝히니

꽃을 보고 색과 공을 깨달았네.

— 대광륜전

大護法不見僧過 대호법불견승과
善知識能調物情 선지식능조물정
百戰英雄知佛法 백전영웅지불법
在來菩薩設家常 재래보살설가상
永使蒼生離苦海 영사창생이고해
恒教赤子有慈航 항교적자유자항

큰 호법신장은 스님들의 허물을 보지 않고
선지식은 능히 세상물정을 볼 줄 알며
백전영웅은 불법을 안다.
거듭 화현한 보살은 일상의 도리를 설하여
길이 중생들로 하여금 고해를 여의게 하며
항상 친자식처럼 잘 보살펴주신다네.

– 황화각

一葉紅蓮在海中 일엽홍련재해중
碧波深處現身通 벽파심처현신통
昨夜寶陀觀自在 작야보타관자재
今朝降赴道場中 금조강부도량중

한 떨기 붉은 연꽃 해중에서 솟으니
푸른 파도 깊은 곳에 신통을 나타내시네.
지난 밤 보타산의 관음보살님이

오늘 아침 이 도량에 강림하셨네.

– 관음전

楊柳秒頭甘露灑 양류초두감로쇄
蓮華香裏碧波寒 연화향리벽파한
七寶池中漂玉子 칠보지중표옥자
九龍口裡浴金仙 구룡구리욕금선
大聖元來無執着 대성원래무집착

버들로 머리감고 감로를 뿌리고
연꽃 향기 속에 푸른 파도가 서늘하네.
칠보 연못에 옥동자를 띄우고
구룡이 입으로 금선을 목욕시키는데
부처님은 원래 집착이 없다네.

– 대방광전

示跡雙林問幾秋 시적쌍림문기추
文殊留寶待時求 문수유보대시구
全身舍利今猶在 전신사리금유재
普似群生禮不休 보사군생예불휴

쌍림에서 열반에 드신 지 그 몇 해인가.
문수보살 보배를 모시고 때와 사람을 기다렸네.

부처님 진신사리 지금 이곳에 있으니
많은 군생들 참배하길 쉬지 않네.

– 적멸보궁

有山有水乘龍虎 유산유수승용호
無是無非伴竹松 무시무비반죽송
曾昔靈山蒙授記 증석영산몽수기
而今會坐一堂中 이금회좌일당중

산이 있고 물이 있으니 용과 호랑이를 타고
시비가 없으니 송죽을 벗할 수 있네.
일찍이 영산에서 수기를 받아
지금 한 집안에 모여 앉아 계시네.

– 응진전

偶尋樵者問山名 우심초자문산명
半夜中峰有磬聲 반야중봉유경성
上方月曉聞僧語 상방월효문승어
下界林疎見客行 하계임소견객행
夜鶴巢邊松最老 야학소변송최로
毒龍潛處水偏清 독룡잠처수편청
願得願公知姓字 원득원공지성자
焚香洗鉢過餘生 분향세발과여생

우연히 나무꾼에게 산 이름을 물었는데
한밤에 중봉에서 악기 소리 들려오네.
상방에는 밝은 달이 있는데, 스님 말소리가 들리고
하계에는 듬성한 숲 사이로 나그네 가는 것이 보인다.
학은 늙은 소나무에 둥지를 치고
독룡은 맑은 물에 산다네.
멀리 있는 사람의 성을 알고 싶으나
향 사르며 발우 씻으며 여생을 보내련다.

– 성파암

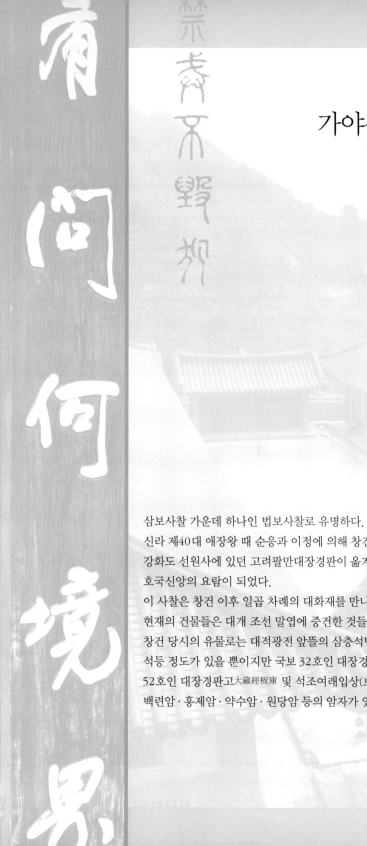

가야산 해인사

삼보사찰 가운데 하나인 법보사찰로 유명하다.
신라 제40대 애장왕 때 순응과 이정에 의해 창건되어
강화도 선원사에 있던 고려팔만대장경판이 옮겨오면서
호국신앙의 요람이 되었다.
이 사찰은 창건 이후 일곱 차례의 대화재를 만나 그때마다 중창되었는데,
현재의 건물들은 대개 조선 말엽에 중건한 것들로 50여 동에 이른다.
창건 당시의 유물로는 대적광전 앞뜰의 삼층석탑과
석등 정도가 있을 뿐이지만 국보 32호인 대장경판과
52호인 대장경판고大藏經板庫 및 석조여래입상(보물 264호)이 유명하다.
백련암·홍제암·약수암·원당암 등의 암자가 있다.

물은 물, 산은 산

"물은 물이요, 산은 산이로다." 성철스님의 법어 한 마디는 순식간에 세간의 유행어가 되었다. 아니다. 이 선가禪家의 법어 한 마디와 더불어 스님의 존재가 비로소 사바 대중들에게 드러났다고 해야 옳으리라. 신군부의 군홧발이 정의를 짓밟고 군림하던 시대, 희망의 불빛이 꺼져버린 암흑의 그 시대에 스님은 토굴의 가시철망을 걷고 세상으로 걸어 나왔고, 암흑천지 간에 한 줄기 빛이 되었던 게다.

'… 길게 뻗친 만리장성은 거품 위의 장난이요, 웅대한 천하통일은 어린아이 희롱이니 나 잘났다고 정신없이 날뛰는 사람들이여, 칼날 위의 춤을 멈추소서. 일체의 본 모습은 유무有無를 초월하고, 유무를 포함하여 물심이 융화하며 피아彼我가 상통합니다. 설사 허공이 무너지고 대해大海가 다 말라도 항상 변함없이 안전하고 자유롭습니다. 끝임없는 욕심에 눈이 가려 항상 빛나는 본 모습을 보지 못하고, 암흑세계를 헤매며 엎치락뒤치락 참담한 비극이 계속되고 있으니 참으로 안타까운 노릇입니다. …'

1982년의 신년법어에서 폭압적 시대상을 보는 스님의 심사를 짚어볼 수도 있겠으나, 그런 미친 세상이 오히려 큰스님을 세상에 드러나게 하였으니 이는 또 무슨 역설인가. 폭압의 시대상과 불교계에 불어닥친 위기가 아니었다면 스님이 조계종의 종정 추대를 받아들이는 일은 없었을 것이니 말이다.

인터넷을 조금만 검색해 보아도 성철스님에 대한 이야기는 차고 넘친다. 하여 이 글에 이러저러하게 보태는 건 오히려 사족일 터. 스님의 열반송을 읽으며 그 진면목을 잠시 생각해본다.

일생 동안 남녀의 무리를 속여서
그 죄업이 하늘을 넘쳐 수미산을 지나친다.
산채로 무간지옥에 떨어져 그 한이 만 갈래나 되는지라
둥근 수레바퀴 붉은 빛을 토하며 푸른 산에 걸렸도다.

열반송, 곧 유언이다. 악인이라도 죽음에 이르러 자기 생의 착한 때를 드러내고 싶어 하는 것이 인지상정이건만 성인으로 우러름을 받는 스님의 고백을 듣노라니 조금 당황스럽다. 일생 동안 남녀의 무리를 속여 죄업이 수미산보다 크다니 이 무슨 말인가. 일부 기독교인들 또한 이런 스님의 뜻을 잘못 읽어 "인간이 인간의 문제를 해결하고자 하는 것이 헛되다는 것을 진실하게 고백한 것"이라 목청을 돋우지 않았던가.

하지만 어찌 스님이 대중을 기만하고자 하였을 것인가. 스님의 유언은 오히려 말과 글이 진리를 설명할 수 없음을 그대로 증명함이다. 진리는 설명할 수 없는 게고, 설명하는 순간 거짓의 자리로 떨어지는 것. 이는 차라리 스스로 진리를 품고 있음에도 청맹과니 노릇인 나의 어리석음을 탓할 일일 게다. 설명할 수 없는 것임을 스스로 알면서도 설명할 수밖에 없었던 스님 자신의 업장을 되돌아봄이며, 그래서 대중들이 그 '말'에 집착하고, '말'이 걸림돌이 되어 진리를 깨우치지 못할까 경계함일 게다. 또한 도를 얻어 그 안에서 살아간 자로서, 뜻대로 중생들을 제도하지 못하고 육신을 벗고 가야만 하니, 스스로 죄업을 쓰고 지옥에 있겠다는 지장보살의 서원일 게다. 열반송에 담긴 마음만으로도 능히 스님의 솔직한 성품과 대중들에 대한 넘치는 사랑을 짐작할 수 있지 않겠는가.

다만 평생 낡은 가사 한 벌을 기워 입으며 무소유로 일관했던 스님의 뜻이 그 가르침을 받은 대중들 사이에서 오늘날에도 이어지고 있는지는 되짚어 볼 일이다. 해인사 일주문 밖에 조성된 사리탑을 보면서 문득 들었던 생각이 그랬다.

해인사 퇴설당에서 "수행 잘 하그래이" 한 마디로 육신을 벗어버린 스님은 웅장하고 화려한 사리탑이 마음에 차실까? 어쩌면 퇴설당 기둥에 걸린 경허 스님 게송 한 줄에서 스님의 면목을 더 잘 볼 수 있지 않을까. 퇴설당은 현재 해인총림 방장스님의 거처로 사용되고 있는데, 원래는 해인사의 선원으로 경허스님이 5년 동안 머문 것을 비롯해 용성, 혜암, 효봉, 동산, 인곡, 경봉 등등의 기라성 같은 선지식들이 거쳐 간 의미 깊은 곳. 가히 근대 선지식들의 요람과 같은 곳이다.

春秋多佳日 춘추다가일
義理爲豊年 의리위풍년
靜聽魚讀月 정청어독월
笑對鳥談天 소대조담천
雲衣不待蠶 운의부대잠

禪室寧須稼 선실녕수가

石鉢收雲液 석발수운액

봄가을로 좋은 날 많더니
의리의 풍년 들었네.
고요한 밤에 물고기가 달빛 읽는 소리 듣고
웃음으로 새와 천문을 이야기 하네.
누더기면 족하니 누에 칠 시기 기다리지 않아
선방에서 어찌 농사를 바랄까?
돌 발우에 운액을 거두리.

게송을 읽으며 문득 아득하였다. '정청어독월静聽魚讀月' 고기가 달빛 읽는
소리를 들을 수 있는 도의 경지는 어디쯤인가. 개미가 태산을 짐작할 수 없고,
숟가락으로 바닷물을 잴 수 없듯 어리석은 자로서 대자유한 선승의 경지를 훔
쳐보려함이 바로 이와 같다. 그럼에도 이런 선구禪句를 만난 뒤에야 어찌 그냥
스쳐 지날 수 있으리. 또한 경계의 끝 간 데를 짐작 못한들 어찌 그 향내를 맡
아낼 마음조차 없을 것인가. 절집의 주련을 찾아보는 일이 대개 이와 같지만
해인사 퇴설당의 한 구절은 특히 오래 남는다.

스스로가 농사가 잘 될까, 시기를 놓치지 않을까 조바심치며 하루하루 번
뇌로 일생을 보내는 중생인 까닭이고, 어쩌다 진리 일단을 맛보았다 해도 일
상의 하찮은 이익에 좌고우면하는 중생인 까닭이고, 이곳에서 세상을 떠난 성
철스님의 경계가 이와 같을 것이라 생각했던 때문일 게다.

퇴설당에서 벗어나 장경각 뒷담 너머로 슬쩍 건너간다. 장경판전을 비롯

한 당우의 지붕이 죽죽 뻗어 흘러간다. 해인사 지형이 떠가는 배의 형국이라 하여 장경각 뒤쪽에 돛 역할을 하도록 탑을 세웠다는데, 이 절집이 통째로 해인삼매의 한 없이 깊고 넓은 바다로 가고 있는 건지도 모르겠다. 거친 파도, 곧 중생의 번뇌 망상이 비로소 멈출 때 우주의 갖가지 참된 모습이 그대로 물속에海 비치는印 그 해인삼매로….

고개를 드니 담 너머는 장경판전, 국보중의 국보인 팔만대장경이 보관된 곳. 해인사의 다른 건물들이 수차례에 걸쳐 화마로부터 해를 입었음에도 이 건물만은 무사했었다. 불력의 작용이었던가? 하여 오늘도 이토록 많은 사람들을 가야산으로 불러 모으는가?

초등학생 꼬맹이부터 차도르를 쓴 무슬림 아낙까지 장경판전의 길쭉한 마당이 대중으로 그득하다. 두리번거리는 사람들 사이로 먼지가 뿌옇게 피어난다. 경판을 구경하고 싶으면 건물 아래쪽에 만들어진 살창에 코를 들이밀어야 하겠지만 대부분의 사람들은 산책하듯 한 달음에 돌아보곤 내려갈 뿐이다.

어느 건축가는 보물인 장경판전은 물론이고 건물이 감싸고 있는 마당 역시 국보급이라고 하였으나, 과연 그들의 마음에 마당은 고사하고 부처든 장경판전이든 대장경이든 들어가 앉기는 했을 것인지. 어쩌면 오랜만에 떠나는 여행길의 해방감만을 즐기고 싶었을 뿐인 지도 모를 일이다. 하긴 그 또한 나쁘진 않겠다. 나 역시 그러하지 않았던가. 오래전 학생시절 수학여행을 떠날 때의 설렘이란 그런 것이었으니….

아이들 꽁무니로 먼지가 자욱하다. 누가 말했었던가. 아이들은 기氣가 다리에 머물러 발끝이 재다고. 봉황문을 나서니 호기심 많은 아이들은 벌써 해인도를 따라 걷는다.

"법원원융무이상 제법부동본래적 …."

팸플릿에 인쇄된 '법성게'를 읽으며 행선行禪하는 해인도. "해인도를 따라 법성게를 합장하면서 읽노라면 어느덧 불법의 진리를 깨닫고 많은 공덕을 성

취하게 될 것"이라는데, 성미 급한 아이들은 금방 싫증이 나는지 깔깔 웃으며 해인을 벗어난다.

　신라의 스님 의상이 중국 유학시절에 창안하였다는 해인도, 이렇듯 호기심으로 따라 걷다가 이내 벗어나는 사람들이 열에 아홉이다. 한낱 마당에 그려진 선을 따라 도는 일이 이러할진대 장좌불와 9년의 세월은 어떤 것인가.

　해인사 큰절은 관람객들의 발걸음으로 복작이지만, 여행을 즐기는 이들이 추천하는 곳은 사명대사가 입적한 홍련암이나 성철스님이 머물렀던 백련암. 잠시 망설이다 저물어가는 하늘을 보며 행선을 바꾼다. 한나절 절집에서 서성이노라니 보아도 본 것이 아니요, 보지 않았어도 본 것과 다르지 않다 싶었을까. 오는 이는 주인이요, 가는 이는 손님이라 했으니 가고 오는 것이 무심하고, 머물고 떠남 또한 무심한 게다. 절집에서 사람을 맞는 예가 대체로 이러하지만, 가는 길에도 벚꽃은 하얗게 반짝이고 한 줄기 바람에 함박눈인 듯 흩날린다. 세상은 꽃잔치, 한 덩이 붉은 해가 푸른 산에 걸려 빛나고 있다.

佛身普放大光明 불신보방대광명
色相無邊極淸淨 색상무변극청정
如雲充滿一切土 여운충만일체토
處處稱揚佛功德 처처칭양불공덕
光相所照咸歡喜 광상소조함환희
衆生有苦悉除滅 중생유고실제멸

부처님이 대광명을 두루 놓으시니
형과 색과 모양이 가없어 지극히 청정하시네.

구름이 모든 국토에 충만하듯이
곳곳에서 부처님의 공덕을 찬탄하네.
광명이 비치는 곳 넘치는 환희여
중생은 고통을 씻은 듯이 잊도다.

– 대적광전, 흥선대원군 글씨

定力超香篆 정력초향전
劑心稱淨衣 제심칭정의
石怪魚飜藻 석괴어번조
花寄鳥囀時 석괴조전시

培栽心上地 배재심상지
涵養性中天 함양성중천

선정의 힘은 향 연기 피어오름보다 더하니
마음을 가다듬음이 새 옷을 입는 것 같다.
돌이 괴이하니 고기가 수초를 헤집고
꽃이 기이하니 새가 시를 읊조린다.

마음의 텃밭을 일구어
본성의 꽃을 가꾼다.

– 염화실

閒情一鉢囊 한정일발낭
林鳥來相悅 임조래상열
諸天影裏鍾 제천영리종
公案欲花雨 공안욕화우
山空花自開 산공화자개

한가한 정을 일발에 담고
숲으로 날아든 새 서로 기뻐한다.
종소리에 하늘 그림자 드리우고
빈 산 꽃은 스스로 피네.

– 응진전

雷鳴天地同時吼 뢰명천지동시후
雨霽江山一樣靑 우제강산일양청
物極魚龍能變化 물극어룡능변화
道精石佛自神靈 도정석불자신령

우레가 치니 천지가 동시에 사자후를 토하고
비가 개니 강산이 한결같이 푸르다.
만물이 지극하면 고기가 능히 용으로 변하고
도가 정미로우면 돌부처도 신령스러워진다.

– 봉황문

雲歸峰翠屹 운귀봉취흘
石立水聲虛 석립수성허
相與消遙日 상여소요일
淸緣自有餘 청연자유여

구름 걷히자 푸른 봉우리 우뚝 솟네.
우뚝 솟은 바위 사이로 물소리 허허롭다.
서로 어울려 소요하던 날에
맑은 인연이 저절로 남는다.

– 궁현당 후면

조계산 송광사

16국사를 비롯하여 수많은 고승대덕을 배출한 승보종찰로
신라 말 혜린선사에 의해 창건되어 보조국사 지눌스님의 정혜결사가
이곳으로 옮겨지면서 대가람을 이루었다.
정유재란, 한국전쟁 등 숱한 재난을 겪으며 소실되었으나
1969년 조계총림이 발족하면서 대웅전을 비롯하여
30여 동의 전각과 건물을 복원하기 시작하면서
현재는 80여 동의 전각을 갖추게 되었다.
국사전이 국보로 보호받고 있고, 하사당·약사전·영산전 등이
보물로 지정되어 있으며, 국보 제42호인 목조삼존불감,
제43호인 고려고종제서 등의 문화재를 보유하고 있다.
효봉스님이 정진하던 목우암牧牛庵, 구산스님이 정진하던 인월정사印月精舍,
법정스님이 머물렀던 자정암(불일암) 등의 암자가 있다.

바다 밑 제비집에서
사슴이 알을 품네

일제강점기에 한국인 최초로 판사가 되었던 사람, 동족에게 사형선고를 내려야 했던 사람, 참회하는 마음으로 엿판 하나를 둘러메고 동서남북 팔도강산을 떠돌았던 사람, 금강산 도인 석두스님을 만나 서른여덟 나이에 늦깎이 중이 되었던 사람, 무無자 한 가지로 엉덩이가 짓물러 방석이 달라붙도록 절구통이 되어 앉았던 사람, "깨닫기 전에는 결코 밖으로 나오지 않으리라!" 방석 석 장만 들고 토굴에 들었던 사람, 1년 하고도 6개월… 드디어 생사의 벽을 발로 걷어차 허물어뜨리고 나온 사람, 송광사와 해인사의 방장으로 선지를 드날렸던 사람, 조계종 총무원장과 종정으로 추대되었으되 "중 벼슬은 닭 벼슬만도 못한 것"이라며 직위와 명예의 허상을 뚫어보았던 사람, 구산이니 법정 같은 수많은 법기를 다듬어냈던 사람….

효봉스님이다.

효봉曉峰. 명망으로나 영향력으로나 근대 한국불교의 대표적인 선지식이었음을 부정하는 사람은 없을 게다. 허나 아무리 세간의 평판이나 이력에 귀를 기울여본들 그 진면목을 제대로 꿰뚫을 수는 없는 노릇이니, 삶의 이력을 늘어놓은 일대기 속에 갇힌 인물은 이미 숨길을 놓친 화석에 불과한 탓이다.

효봉스님의 일화 한 토막을 이곳에 옮기는 까닭은 이 때문이지만, 이 또한 쓸데없는 짓에 그칠 뿐임을 알겠다.

불교계에 정화 바람이 불자 효봉스님은 서울에 올라가서 한 번 일을 봐주고는 곧장 내려와 미래사 옆에 토굴을 짓고 숨어 버렸다. 그 토굴의 시봉은 상좌들이 돌아가면서 하였는데, 효봉스님은 토굴에서도 참선을 게을리 하지 않았다. 늘 좌선을 하면서 자신을 다듬었는데, 그 토굴은 대중들이 서둘러 지은 것이라 구들장이 들썩거렸고 숲속의 벌레들이 들끓기도 했다.

어느 해 봄, 토굴에서 스님과 상좌가 좌선에 들어갔다. 일단 좌선에 들어가면 공양시간과 뒷간 갈 때를 제외하고는 그대로 돌이 되는 것이 효봉스님이었다. 단 두 사람이 좌선을 하니 조용하기 그지없고 숨 쉬는 소리까지 들릴 정도였다.

그러던 차에 스님이 잠시 뒷간을 갔다 돌아오는데, 그만 방 구들장이 삐걱하고 소리를 냈다. 그러자 삼매에 들어가 있던 상좌가 벌떡 일어나 밖으로 내달더니 토굴 뒤편에서 울력 때 쓰는 도끼를 들고 들어와 방 구들장을 파헤치기 시작했다. 선정에 들었다가, 효봉스님의 발자국에 구들장이 들썩이는 바람에 방해를 받은 모양이었다.

쿵! 쿵!

조그만 토굴은 이내 구들장 파헤치는 소리로 가득 찼고, 효봉스님은 가만히 보고만 있었다. 마침내 구들장이 푹 꺼지자 정신없이 구들장을 파헤치던 상좌가 소리쳤다.

"스님! 부처가 되면 뭐합니까?"

효봉스님이 지긋이 눈을 반쯤 감은 채로 그런 제자를 바라보고만 있자 제자가 다시 소리쳤다.

"부처가 되면 뭐하냐구요!"

그러자 효봉스님이 구들장이 꺼진 곳에 그대로 누워버렸다. 그러더니 다리를 쭉 펴고는 천장을 쳐다보면서 한 마디했다.

"그래, 맞다. 부처가 되면 뭐하겠노? 그만 두자. 그만 두고 놀자."

전혀 엉뚱한 대답이었다.

삼매에 빠져서 화두에 몰두하던 제자가 돌연한 행동을 통해 법을 묻자 스님은 방선을 풀고 그의 허점을 찌른 것이다. 그것은 임제의 '할'이나 덕산의 '봉'보다 더 충격적이었다.

제자는 자신의 돌연한 행동에 효봉이 진노하여 소리를 칠 줄 알았다. 그런데 그것을 뛰어 넘어 부처마저 풀어버린 것이다.

"스님, 제가 잘못했습니다."

효봉스님의 그런 태도에 제자는 다시 절을 하고 가부좌를 하고 앉았다. 스님도 다시 가부좌를 틀면서 "그래? 그럼 다시 부처가 되어 볼까? 공부해야 되겠제?"

상좌는 더 이상 한 마디 말도 할 수 없었다. 그는 묵묵히 스승의 가르침을 따랐다. 그는 밖에 나가 진흙을 구해다 다시 구들을 메우고 아궁이에 불을 넣어 말렸다.

시봉이 바뀌는 날이 오자 떠나가는 상좌를 보고 효봉스님이 이야기했다.

"그래, 너 언제 다시 올래. 언제 또 와서 방구들 파헤칠래?"

그 말에 제자는 아무 소리 없이 합장을 할 수밖에 없었다. 방구들을 파헤쳤던 상좌는 바로 오늘날의 시인 고은이었다.

– 《합장》에서 인용

글 몇 줄로 어찌 한 인물을 온전히 읽을 수 있을까. 하지만 엎드려 절한 뒤 그 향기를 접할 수 없는 곳에 이미 계시니 이 또한 인연이라, 겨우 스님이 도를 얻은 뒤에 그 환희로움을 노래한 게송이 있어 음미해볼 뿐이다. 스님의 오도송은 송광사 화엄전의 주련으로 걸려 있다.

海底燕巢鹿抱卵 해저연소녹포란
火中蛛室魚煎茶 화중주실어전다
此家消息誰能識 차가소식수능식
白雲西飛月東走 백운서비월동주

바다 밑 제비집에 사슴이 알을 품고
타는 불 속 거미집에 고기가 차를 달이네.
이 집안 소식을 뉘라서 알랴!
흰 구름은 서쪽으로 날고 달은 동쪽으로 달린다.

제비는 처마 밑에 집을 짓는 것이 이치에 합당하고, 사슴은 새끼를 낳아 기르는 것이 당연하다. 거미줄이 어찌 불속에서 온전할 것이며 물고기가 차를 달일 수 있을 것인가.

하지만 도를 통하고 보면 당연하다고 생각하는 이런 관념조차 끼어들 자리가 없나 보다. 스님이 1년 6개월 동안 토굴에 앉아 생사를 걸고 정진한 끝에 얻어 가진 경지는 타는 거미집 같은 세상사 온갖 번뇌가 일시에 꺼진 곳이니 바람 불어 구름이 흘러가고 달이 동쪽에서 뜨듯 무심의 자리인 셈. 스님이 머문 그 자리를 감히 넘겨다 볼 수는 없는 바지만, 잠시나마 그 경계를 기웃거려 보는 것도 나쁘진 않겠다. 효봉스님의 법문 중 하나를 이곳에 옮겨 향기를 옮기니, 또한 공부가 아닌가.

"마음과 짝하지 말라. 무심하면 마음이 저절로 편안하니라. 만일 마음과 짝하게 되면 움쩍만 해도 곧 그 마음에 속느니라."

그러므로 혜가선사가 달마대사에게 "제자의 마음이 편하지 못합니다. 이 마음을 편하게 해 주십시오" 할 때 달마대사는 "그 마음을 가져오너라. 편안하게 해 주마"라고 하였다. 혜가가 "안이나 밖이나 중간에서 아무리 그 마음을 찾아보아도 얻을 수 없습니다" 하자 달마는 "그대 마음을 이미 편안하게 해 주었노라"라고 하였다.

이 도리는 마음을 찾아 마음이 없음을 알았으니 그것은 편안한 마음을 찾은 것이므로 어디선들 편하지 않겠는가. 그로부터 허공이 홀로 드러나 여전히 봄이 와서 꽃이 피었던 것이다.

우리 세존께서 멸도한지 3천 년이 가까운데 바른 법이 지금보다 더 쇠퇴한 적은 없었다. 왜냐하면 선교禪敎의 무리들이 제각기 견해를 달리하기 때문이다.

교학자들은 마치 찌꺼기에 탐착하여 바다에 들어가 모래를 세는 것과 같아서, 교敎를 말할 때에 사람의 마음을 바로 가리켜 깨달아 들어가는 문이 있는 줄을 알지 못하고 곧 사견에 떨어져 있으며, 선학자들은 이른바 본래부터 부처가 되었으므로 미혹도 없고 깨침도 없으며 범부도 없고 성인도 없으며 닦을 것도 없고 증證할 것도 없으며 인因도 없고 과果도 없다 하여, 도둑질과 음행과 술 마시기와 고기 먹기를 마음대로 감행하니 어찌 가엾지 아니한가.

이 일을 밝히고자 한다면 모름지기 바다 속에 들어가 육지를 다닐 수 있는 수단과 번갯불 속에서 바늘귀를 꿰는 눈을 갖추어야 할 것이다.

사람의 머리는 날마다 희어가고
산 빛은 언제나 푸르러 있네.
사람과 산을 모두 잊어버리면
흰 것도 없고 푸른 것도 없으리.

십여 리 벚나무 길, 계곡을 끼고 황토를 깔아 다진 길, 죽죽 뻗어 자라는 편백나무 숲길, 대나무 숲길, ……, 낙화담에 이르러 꽃잎 대신 일광日光 한 조각을 건져내고 보니 이미 승보사찰 송광사의 경내다. 육감정과 우화각이 한 걸음이다. 우화각은 몸과 마음이 깃털처럼 가벼워져 신선이 된다는 의미의 전각이요, 우화각이 딛고 선 것은 세속과 불국토를 하나로 이어준다는 삼청교다.

곧 다리 너머가 신선의 세계라 하니 온갖 업장을 있는 대로 지어 걸친 나로서도 언감생심 건너보지 않을 까닭이 없다. 한 무리의 관광객들을 따라 다리를 건너고 종고루까지 넘어서고 보면 널찍한 마당, 귀퉁이엔 백매화가 활짝 피었다.

대찰의 명성에 걸맞게 전각들은 웅장하고, 저마다 위용을 뽐낸다. 살짝 기가 죽는다. 게다가 미리 취재허락을 얻지 않았던 탓에 출입이 금지된 경계로 사방이 막힌다. 수행 위주의 사찰인 때문일까? 이것은 일반 내방객들 또한 마찬가지일 터이므로 수다한 전각과 넓디넓은 경내에서 움직여갈 수 있는 곳은 오히려 비좁다. 대웅전과 관음전을 한 바퀴 돌아보고 담 밖에서 화엄전을 건너다보니 이미 발걸음은 멈칫거리고, 샐쭉해진 마음은 절집을 떠난다.

우화각을 나서며 무거운 몸과 마음을 되찾고 보니, 문득 눈앞에 다가오는 것은 비림碑林. 몇몇 주인의 이름이 낯익다. 산등성이로 기어오른다. 한 걸음 멀어지니 비로소 한걸음 다가오는 절집. 마치 꿈속인 것처럼 대중들이 한가롭게 오간다. 파도에 떠있는 한 송이 연꽃 같다는 이 절집엔 무게를 줄이고자 하여 석탑이 없다는데, 전각들 사이를 오가는 저 대중들의 업장은 석물에 견주어 무거울까, 가벼울까?

날이 저물면 조계산 위로 달이 뜨리라.

曹溪山月照澹寒 조계산월조담한
滿月乾坤无寸艸 만월건곤무촌초
聖賢尊貴非我親 성현존귀비아친
大地眞金未是珍 대지진금미시진

조계산에 뜬 달은 사무치게 비치고
만월이 온 천지를 밝히니 번뇌 망상이 사라지네.
성현이니 존귀 따위 내가 알 바 아니로다.
대지가 진금이라도 이 깨달음의 보배만 못한 것을.

– 육감정

具足神通力 구족신통력
廣修智方便 광수지방편
十方諸國土 시방제국토
無刹不現身 무찰불현신

신통한 힘을 흡족하게 갖추시고
지혜와 방편을 널리 닦아서

시방의 모든 국토에

몸을 나타내지 않는 세계 없도다.

– 관음전